ねにもつタイプ

岸本佐知子

筑摩書房

目次

ニグのこと 11
マシン 15
星人 19
馬鹿と高いところ 23
じんかん 27
△△山の思い出 31
ゾンビ町の顛末 35
郵便局にて 39
ぜっこうまる 43
ニュー・ビジネス 47
くだ 51

奥の小部屋 55

フェアリーランドの陰謀 59

日記より 63

お隣りさん 67

ホッホグルグル問題 71

「毎日がエブリデイ」 75

疑惑の髪型 79

桃 83

かげもかたちも 87

夏の思い出 91

目玉遊び 95

一度きりの文通 99

戦記 103

リスボンの路面電車 108
Don't Dream 112
Watch Your Step 116
黄色い丸の中 120
作法 124
心の準備 128
生きる 132
裏五輪 136
とりあえず普通に 140
ピクニックじゃない 144
床下せんべい 148
むしゃくしゃして 152
ゴンズイ玉 157

べぼや橋を渡って 161
住民録 165
夏の逆襲 170
ツクツクボウシ 174
十五光年 178
鍋の季節 183
西太后の玉 188
さいきんのわたくし 192
マイ富士 196
部屋のイド 200
グルメ・エッセイ 204
かわいいベイビー 208
難問 212

アイ・スパイ 216
ある夜の思い出 220
あとがき 224
文庫版あとがき 226

本文イラスト　クラフト・エヴィング商會（吉田篤弘・吉田浩美）

ねにもつタイプ

ニグのこと

幼いころ、私には何でも話せる無二の親友がいた。

それも三人。名前は、大きいほうから順に、大ニグ、中ニグ、小ニグといった。

ふだん、ニグたちは、ただの毛布のように見える。正方形の、薄手のウールの大、中、小三枚組で、くすんだブルーと、くすんだピンクと、淡い灰色の四角形が交互に並んだ柄だった。私が生まれたときに、誰かがお祝いでくれたものらしい。気がついた時には、もうニグだった。

それがいつの頃からニグになったのかは定かではない。

右手の人さし指を立てて、その上に大、中、小のどれかをかぶせる。その根元を、残りの四本指でぎゅっとにぎる。それだけで、毛布はたちまちニグに変身する。

正面から見たニグたちは、ショールのようなものを頭からすっぽりかぶって顔を隠したお婆さんのようでもあり、修道女のようでもあった。だから当然、私よりもずっと年上で、何でも知っていた。何でも聞いてくれたし、何でも教えてくれた。

たとえば、アパートの窓から見る地平線近くの雲と空が、じつは遠くの海とそこに浮かぶ陸地であることを教えてくれたのもニグだった。

星というのは夜空にあいた穴で、その一つひとつから、向こう側にいる誰かがこちらを監視しているのだと教えてくれたのもニグだった。

幼稚園で私をいじめるエッコちゃんが、家では毎日おねしょをして叱られて泣いていることを教えてくれたのもニグだった。

ニグは空も飛べた。ニグ指を目の高さに掲げてぐるぐる回すと、ニグはスカートを翻らせて、六畳間の空をびゅんびゅんと天翔けた。ただし、これはやりすぎると私がふらふらになるので、ニグも遠慮して、たまにしか飛ばなかった。

ニグたちと私は、もっぱら唾液を通じて友情を確かめあった。ニグの、ショールにくるまれた頭を、口に含んでチュウチュウと吸う。するとニグもお返しに、濡れた顔で私の頬や額にピタピタとキスをしてくれる。チュウチュウ、ピタピタ。そうやって互いが唾液まみれになり、同じ匂いになればなるほど、ニグと私の絆は深まるのだった。

だが、絆が最高に深まった頃のように、洗濯という悲劇が襲ってくる。

幼稚園から帰ってみると、濡れそぼって変わり果てた姿になった大中小のニグが、物干しからぶらさがっている。私は悲嘆にくれ、乾くまでずっとその下でしゃがんで待った。そ

nigu
L

nigu
M

nigu
S

うしてまた失われた絆を取り戻すために、せっせと唾液の交流をはかり、コショコショと小声で話し合い、時に秘密を打ち明け、時に教わり、時に悩みを相談した。

それほど密だったニグとの絆がどのようにして終わったのか、それも定かではない。ニグのほうから離れていったのかもしれないし、小学校に上がって私がニグを忘れたのかもしれない。何か恐ろしいことをニグに告げられたような気もする。ともかくも、いつの間にかニグたちは物置の古いトランクの中にしまわれ、中学の頃、引っ越しのどさくさにまぎれて捨てられてしまった。後で知った時には少し胸が痛んだが、それきりだった。

そんな昔のことを今ごろになって思い出すようになったのは、半年ほど前に、ニグとよく似た毛布をもらったからだった。素材こそフリースだし、形も正方形ではなく長方形だが、色合いといい肌触りといい、どことなくニグに似ている。最近では、夏でもこれがないと安眠できなくなった。

ためしに、そっと人さし指に巻きつけてみた。

ニグだ。ニグだ。昔とすこしも変わっていない。

ニグは今にも私に何か話しかけそうな様子をしている。

私はそれを口に含むべきかどうか、少しのあいだ迷った。

マシン

子供の頃、家にある調度品の中でひそかに尊敬し、憧れていたのはミシンだった。ゴブラン織り風のカバーをかけられて部屋の隅に置いてあるそれは、一見ふつうのデスクのように見える。

付属の椅子に腰をおろして、両手を組み合わせてみる。ちょっと重要人物になった気分だ。次に、おもむろにカバーを取りのける。チョコレート色の、つややかな、木と鉄でできた物体が姿を現す。でもまだまだそれはデスクのようで、何か特別な性能を秘めたマシンであるとは、にわかには想像できない。

ゆっくりと、上部の板を持ち上げて横に開く。するとそこにはくり抜かれたような穴があいていて、中には灰色の金属でできた機関の本体が、横向きにすっぽりと格納されている。

頭の中に「サンダーバード」の発進のテーマソングを聞きながら、ずっしりと重いその本体をつかんで引き上げていくと、それはゆっくりと回転しながら地上に姿を現す。

ズゥン、という架空の地響きとともに出動態勢の整った本体の威容をしばし眺める。光沢のある灰色の金属の筒が、台の右側から立ち上がってアーチを描き、その先端に鍾乳石のように、針を司る部分が静かに垂れ下がっている。

本体の裏側の、奥まったところにひっそりと隠されている小さな電球。埃をかぶり、球も切れてしまっているけれど、きっと手元を照らすための配慮に違いない。アーチの上にアンテナのように立っている金属の棒も、何か意味があってのことだろう。

アーチの右側についているホイールを握ってゆっくり回すと、いくつものことが同時に起こる。まずアーチの左側にある細い溝から突き出したゼンマイのような形の金属片が、上下動に8の字回転を加えたような不思議なリズムで動きだす。それに歩調を合わせるように、先端の針が規則正しく上下に動き、さらに針先が吸い込まれていく穴の両側につけられた二本の細い溝の中を、町工場の屋根のような小さなギザギザの連続体が、やはり前後運動に上下と回転を加えた複雑な動きで出たり引っ込んだりし、見えない布を前へ前へ送っていく。

しばらく一連の動きを楽しんだあと、今度は台の下にもぐりこみ、下部構造を鑑賞する。

台の下は、上とはうってかわってチョコレート色の鋳鉄の世界だ。ペダル横の車輪カバー

のなめらかな曲線や、蜂の巣状に穴のあいたペダルの、うっとりするような美しさ。ペダルの上方には〈SINGER〉とメーカー名がアーチ状に打ち抜いてあって、その装飾性が痺れるくらいかっこいい。車輪カバーの縁には、耳のような形をした不思議な輪っかがついていて、その中を、表面がそぼろ状にささくれだった、太くて茶色いゴムベルトが通っており、耳を手前に動かすと、ベルトが車輪からすぽんと外れる。
　椅子に座りなおし、ペダルを踏む。最初は固くてびくともしない。両足に力をこめ、全体重をかけると、ペダルは不承不承といった感じでそろりと動きだし、なおもこぎ続けると、次第にはずみがついて、だんだん速度を増してくる。車輪が、ゼンマイが、針が、町工場が、それに合わせてどんどんどんどん早回しになり、ずだだだだだだだだだだだだだだだと恐ろしいような音を立て、それは何だか見知らぬ高速列車の疾走する轟音のようで、ペダルを一心にこぎながら目を閉じると、ミシンが私を乗せたまま猛スピードで部屋を飛び出し街を駆け抜け草原を突っ切り、みるみるうちに線路の終わりが近づいてきてその先は断崖絶壁、堪えきれなくなって目を開けると、そこはさっきと同じ部屋の中だ。

星人

　たとえば、こんな経験はないだろうか。
　友人から食事に誘われる。友人のカップルとあなた、計三人だ。カップルは、これから本格的に付き合いはじめようとしているか、さもなければそろそろ沈滞ムードが漂っているかの、どちらかだ。いずれにせよ、あなたは座持ちがするタイプなので、会食は楽しく進行する。
　やがて食事が終わり、場所を移そうという話になる。友人カップルがいい店を知っていると言うので、三人で歩き出す。ところがどういうわけか、あなたは途中で二人とはぐれてしまう。戻って探すが、まるで宇宙人にさらわれたかのように、二人の姿は忽然と消えている。
　あなたは不思議に思い、そのことを別の友人に話す。するとその友人は、「そんなこともわからないの?」と呆れたように言う。
　もしもその手のことがあなたの人生においてたびたび起こるようなら、そしてそのため

にあなたがなんとなく人生というものにしっくりこない感じを抱いているとすれば、それはおそらくあなたが「気がつかない星人」だからなのだ。

「気がつかない星人」は、一言でいえば〝ものごとの隠された意味〟が読めない。だから、仲間うちで「法則当てゲーム」をやったりすれば（〝ママ〟は唇が合うが〝ハハ〟は合わない、のたぐい）、きっと最後の最後まで負け残る。

「気がつかない星人」は、〝言外のニュアンス〟に対して鈍感である。だからどんなにひどい皮肉を言われても、それが皮肉だとは気がつかず、かえって褒められたと勘違いして喜んだりする。そのくせ、半年ぐらい経ってから急に馬鹿にされたことに気づき、半年分を取り返す勢いで烈火のごとく怒ったりするので、ひどく大人げない。

「気がつかない星人」には、言葉のレトリックが通じない。八百屋のおばさんに「はい、百万円ね」と言われて凍りつく。写真屋のおじさんに「鳩が出ますよー」と言われて、いつまでも待ちつづける。『さっちゃん』という童謡を、冗談で「あれはあなたがモデルよ」と大人に言われたのを真に受けて、大きくなるまで信じている。

私はときどき、カフカが遺稿を託した友人が自分だったらと想像し、背筋が寒くなる。私だったら絶対にカフカの言葉を額面どおりに受け止め、馬鹿正直に全部焼いてしまっていたに違いないからだ。

KIGATSUKANAI SEI

「気がつかない星人」はまた、「気がきかない星人」でもある。他人が発する無言の信号をキャッチしないので、"さりげない心遣い"とか"気働き""あうんの呼吸"相手を立てる"などという芸当は夢のまた夢である。だから、知らないうちに目上の人の不興を買っていることがしょっちゅうだし、当然、異性にはもてない。

私は、いつか自分の星に帰る日を夢見ている。そこでは誰もが「気がつかない」ばかりか、気がつかなければ気がつかないほど愛されるのだ。皮肉もレトリックも存在しない。気働きなんかの意味をあれこれ詮索する必要もない。言葉はつねに額面通りだから、裏る奴は、変人扱いだ。

そこはきっと、緑したたる美しい星にちがいない。

馬鹿と高いところ

　はじめて富士山に登ることになった時は、興奮で前の晩はよく眠れなかった。写真や絵でさんざんその姿を見て興味を抱いていたあの〝フジサン〟に、とうとう自分の足で立つ時が来たのだ。プリンのような、ゼリーのような不思議な形。色は下が青、上が白で、境目がぎざぎざしている。頂上が雲より高いところにある。なんと素敵な山だろう。登ったら、その青い土をたくさん袋につめて帰るのだ。雲にも触ってみたい。〝五合目〟というのは、どのあたりだろう。うまくして青と白の境目のあたりだったら、不二家の三色アイスクリームの境目のところをスプーンですくうみたいに、ちょうど色の変わるあたりを持ち帰れるかもしれない。
　五合目まではバスで行った。が、行けども行けども地面は青くならない。不安になって大人たちに訊ねても、「そのうちそのうち」と言うばかりで、相手にされない。降り立ったそこは、ごろた石の転がるただの広っぱで、どちらかといえば汚い感じの場所だった。見渡すかぎり茶色と灰色の世界。青なんてどこにもない。雲のようなものが流れてきたの

で一瞬期待したが、イカ焼きの屋台の煙だった。裏切られたと思った。

それでも、東京タワーには期待していた。

今日は東京タワーの上まで登ります、と先生に言われた時は、心臓がどきどきした。あの針のように細いてっぺんに立つのは、どんな気分だろう。足の裏が痛くなりはすまいか。風が吹いて飛ばされはしまいか。つかまるところはあるのだろうか。それとも、ああ見えて実は全員一度には無理だろうから、交代で一人ずつ登るのだろうか。

二、三人、いや子供なら四、五人は立てるのかもしれない。

が、希望はまたも打ち砕かれた。先生に引率されてエレベーターに乗り、だだっ広い展望フロアのようなところに連れていかれた。そこでいつまでも望遠鏡を覗いたり、記念メダルに名前を刻んだりするばかりで、いっこうに〝上〟に行く気配がない。今か今かと待つうちに、またエレベーターに乗せられて、地上に降りてきてしまった。「いつ上に行くの?」とみんなに訊いたら、「え? いま行ったじゃない」と怪訝な顔をされた。級友たちが大人に見えた。

そんなわけで、横浜のマリンタワーに関しては、私も慎重にならざるを得なかった。

展望室に上がってみれば、案の定だ。こけしのような形をしたマリンタワーの〝頭〟の部分に相当する展望室が、ビュンビュン回転しながらタワーを上下する、という、私の待

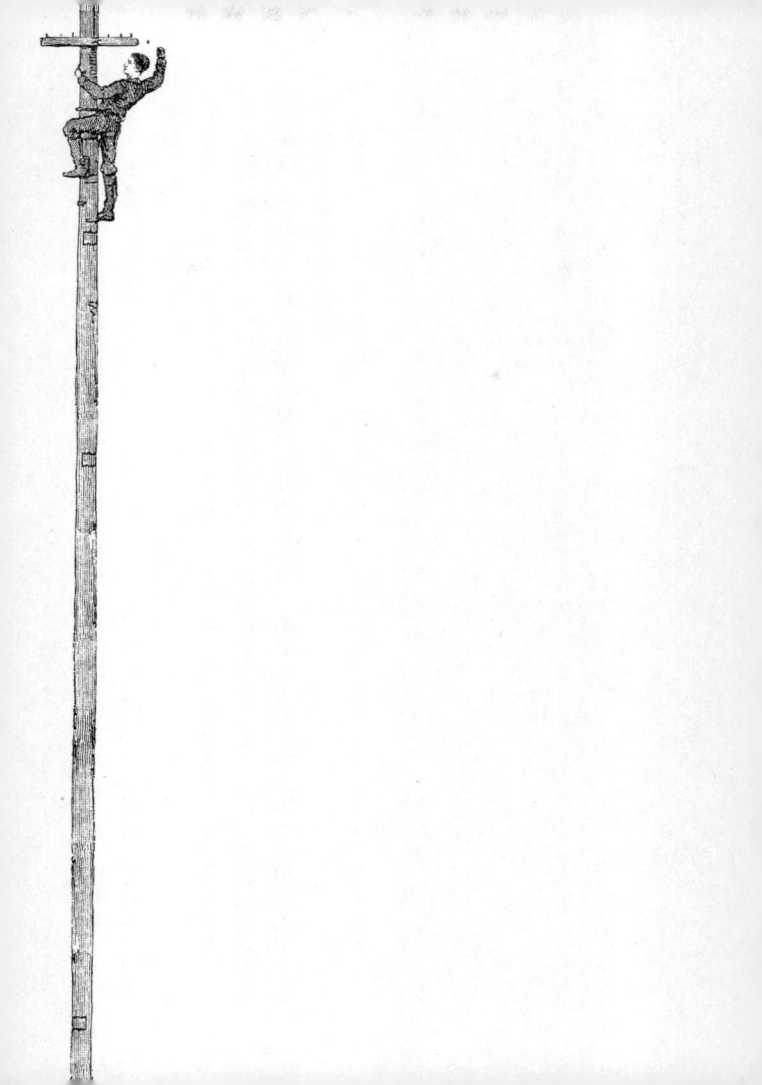

ち望んだような事態は起こらなかった。失望したが、心のどこかでは「やっぱりな」というような冷めた気持ちもあった。すでに私の中には、高い所に対する懐疑と失望が、相当量蓄積されていたのだ。

もう高い所になんか登らない。そう決めていたのに、大学の卒業旅行で、うっかりエッフェル塔に登った。入口の券売所で因業な老婆が釣銭を少なくよこした。抗議したら、もっと少なくされた。怒りながら見たパリの夜景は、あまり美しくなかった。出口のところで犬の糞を踏んづけた。

私が歩き方も生き方もどことなくうつむき加減なのは、だから、そういうわけなのだ。

じんかん

　それまで気にもとめていなかったことが、突然どうしようもなく変に思える瞬間がある。
　二年生の時、朝礼の校長先生の話を聞きながら、うつむいて自分の体を見ていた。手の甲が正面を向いている。それを上にたどっていくと、肘の部分は〝折り曲げ線〟が正面を向いている。待てよ。変だ。手の甲は〝表〟、日に焼けて色の黒い側だ。でも折り曲げ線は白くて柔らかい〝裏〟の側だ。表と裏が同じ正面を向いているのはおかしい。ひょっとして、自分の肘の付き具合は間違っているのではないか。私は急に恐ろしくなり、そっと周囲の級友の肘を盗み見たが、みんな腕を後ろにやったり動かしたりしていて、よくわからない。どうしよう。この先ずっと、この秘密をみんなから隠し通して生きていくのだろうか。そう思うと、校長先生の話も周囲の景色も、すうっと遠のいた。
　鼻の存在がにわかに気になりだすこともあった。ふだんは忘れているが、鼻は視界の下あたりに常に薄ぼんやりと見えている。一度気になりだすともうだめだ。物を見るのもし

やべるのも聞くのも、鼻が邪魔で集中できない。こんなところにこんな出っ張りがあるのは、設計上の欠陥としか思えない。

妹と二人で部屋にいる時に、ふいに「妹という存在」に愕然となったこともあった。もちろん、昨日も、おとといも、もう何年も一緒に暮らしてきた。でも、それが「自分の妹」であるという事実に、今の今まで気がつかなかったような気がした。私は初めて見るもののように妹を見た。この子供が「妹」であり、自分が「姉」であることの不思議。もしかしたらそれは、血のつながりを実感した最初だったのかもしれない。

「変な感覚」は長続きはしない。もってせいぜい二、三分だ。でも、この「変な感覚」が訪れると、偏光ガラスを傾けたように、世界が変に見える。自分が自分でなくなるような、落ちつかない気持ちになる。

大人になってからはそういうことも少なくなったが、それでも二年に一度くらいの周期で、この感覚に襲われる。始まりはいつも同じだ。まず「人間」という字が読めなくなる。人間？ 何と読むのだっけ？ じんかん？ たしかこの言葉はヒトを意味していたはずだが、だったらなぜ「人」の「間」なのか。人と人の間ならば何もない空間がヒトだというのか？ そのうちに今度は「新聞」という字が読めなくなる。しんき？ にいきき？ 新しく〝聞く〟ことが、なぜこの文字の書かれた紙を意味しているの

か。わからない。私は手当たり次第にその辺の文字を読みはじめる。「僕は」は「しもべは」。「工夫しだい」は「こうふしだい」。「別」「回」「語」などは、見れば見るほどハングルとしか思えなくなる。

そのうちに、周囲にある見慣れた物が、一つひとつ意味を失いはじめる。消しゴム。電話。コーヒーカップ。何に使っていたのか、なぜそこにあるのか。わからない。自分の手を見る。骨ばった指、しわしわの関節、こんな変な生き物は知らない。動かすと、まるで自分のもののように動く。不気味だ。

そうやって私を取り巻くすべてのものが、ゆっくりと意味のない記号に還っていく。自分と世界をつなぐ糸がプツプツプツと切れていき、ついに最後の一本も切れて、私は命綱の切れた宇宙飛行士のように、暗い広い宇宙空間を独りぼっちで遠ざかっていく。

その感じを、私はそんなに嫌いではない。

△△山の思い出

今までに入った風呂で、いちばん思い出ぶかいのは、やはり何といっても△△山の「ロープウェイ風呂」だ。

脱衣場で服を脱いで乗り込むと、箱型の乗物の中が、そのまま風呂になっている。全部で四、五人乗りで、座席が向かい合わせになっており、内部の造りは普通のロープウェイとほぼ同じなのだけれど、ただ窓の下すれすれぐらいまでお湯が張ってあるところが違っていた。

駅員さんのような番頭さんのような人が外からドアをロックして 出しますよ と言ってレバーを倒すと、箱はがくんと一度大きく揺れてから、静かに動きだした。

暗い脱衣場兼乗場を抜けると、窓の下は一面の乳白色だった。

ほんに今日はあいにくの霧で、と誰かが言い、本当に、と他の人々が相槌をうった。私以外の乗客は、みな中年か初老の女の人らしかった。親類のおばさんのようでもあり、全然知らない人のようでもあった。でも、不思議と心細くはなかった。

話を盗み聞きしたところでは、△△山はとても標高の高い山で、天気さえよければ、このロープウェイからの眺めは格別なのだそうだ。でも私はすこしも退屈しなかった。中継点を通過するたびに箱全体がごとんと揺れ、お湯の表面にさざ波が立つのが面白かったし、だいいち、前々からこんな乗物があったらいいのにと心ひそかに思っていた、その通りのものに乗れたというだけで、脚がむずむずするほど嬉しかった。

ときおり霧の中を、前方から反対方向の箱が現れて、窓の向こうをすぎていた。そうしてすれ違いざまに、おおいと手を振る人たちもいた。そうしてすれ違う箱の中に、あれは下の景色を見えやすくした特別製の箱なのだ、と誰かの声が説明した。私は内心、透き通った箱じゃなくて良かった、と思った。透明箱には、私と同じくらいの歳の子供が乗っていることもあり、裸がこちらから丸見えなのに、平気で笑って手を振っていた。

ああほら、と声が上がったので見ると、雲の間から太陽が顔を出し、白い霧がみるみる晴れていく。窓のはるか下には△△山の連なりが、濃緑のブロッコリーを敷きつめたように、ずっと彼方までうねりながら続いていた。想像していたのよりはるかに高いところを、私たちは運ばれているのだった。ロープウェイのロープは、いくつも弧を描きながらずっと私は前の方をすかしてみた。

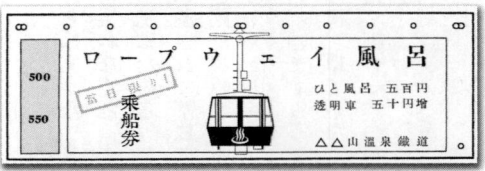

先まで延びていて、終点はまだまだずっと先のようだった。さっきから、だんだん心配になりはじめていることがあった。言おうかどうしようか、しばらく迷っていたけれど、思い切って口にした。

ああそんなこと、と声たちは笑った。そんなに笑わなくたっていいのに。私は恥ずかしくなってうつむいた。知らないから聞いているのに。でも……と、私はためらった。だあいじょうぶ、そのままでいいんだよ、と声が言った。自然に漉されて下に落ちるから。そうなんだろうか。ちっとも汚くなんかない。言われてみればそんな気もする。私は下を見た。いつの間にか、私たちの箱は透き通っていて、ゆらゆら揺れるお湯の向こうに、緑のうねりがゆっくりと動いていくのが見えた。さあ思い切って、と声たちが言った。温かい、励ますような調子だった。ずいぶん昔から知っている声のような気がした。死んだ祖母に、似ていなくもなかった。私はもう一度下を見て、思い切ってした。漉された流れは白く細い一本の長い糸となって、ブロッコリーの連なりに向かって真っ直ぐに落ちていった。

まだ、届かない。

ゾンビ町の顚末

その町がどこか妙だと最初に気づいたのは、引っ越してきた翌日に買った卵だった。駅前の商店街にある食料品店で買ってきたそれは、黄身が完膚なきまでにぺちゃんこだった。鮮度を疑った私はその卵を食べるのを諦め、数軒先の別の店で買いなおした。一個めを割ってみると、黄身が二つある〝双子〟の卵だった。ラッキーだ。ところが次もまた双子だった。次も、その次も。とうとう十二個すべてが双子だった。何とはなしに、ぞっとした。

そもそも、この商店街というのが妙だった。ターミナル駅から一つ目という便利な場所であるにもかかわらず、活気がまるでない。店をやっているのは、陰気で因業な老人ばかりで、とうぜん愛想はなく、品揃えは悪く、値段は高く、味はまずかった。そのわりに、なぜか主張だけは妙にあって、看板や店先の日除けに〈ふれ愛、しま専科？　癒しのそば店〉とか〈デジタルからアナログへ！　私たち、時代遅れのクリーニング屋です〉とか〈感念物語　夢・無限大〉とか〈素粒子∥美粒子　お肉新世紀〉などといった、意味不明

の、しかし微妙に神経にさわるキャッチコピーが大書してある。

そう思って見れば、住んでいる人もどことなく変だった。夕方になると、勤め人ふうの人々が、わらわらと大量に駅から吐き出されてくるのだが、みなひどく生気がない。一様に背を丸め、顎を突き出し、虚ろな目をしてぞろぞろと一方向に消えていく。中には影のない人や、向こう側が半分透けて見えている人、地面から数センチ浮いている人もいた。変といえば、この町には子供というものがほとんどいなかった。たまにいても、電信柱の根元にしゃがみこんで、くんかくんかと一心不乱に匂いを嗅いでいたりして、それをまた母親が、少し離れたところから無表情に見つめていたりする。

それでも「住めば都」という言葉がある。しばらく住んでいるうちに、愛着もわいてくるかもしれない。そう思い、歯をくいしばって五年間耐えた。だが、だめだった。生気のない商店街、ゾンビ化した住民、不似合いにピカピカした高層ビル、街道から立ちのぼる煤煙、その煤煙にまみれたハト、すべてが日に日に疎ましかった。

そのうちに私もだんだん変になってきた。常に頭痛がした。一年に五回風邪をひいた。夜眠れなくなった。意味もなく笑ったり泣いたりするようになった。夜中に駅前の自転車を蹴倒してドミノ倒しをしたり、誰かが丹精したチューリップを酔っぱらって全部引っこ抜いたり、駅前の本屋の棚の『こちら亀有公園前派出所』の順番をでたらめに並びかえた

り、公園のハト暗殺計画を三十六通り練ったりした。
あまりに頭痛がひどいので久しぶりに訪ねた気功の先生は、私の顔を見るなり「今、どこに住んでいる？」と訊いた。私が町の名前を言うと、「え、そこは……」と言ったきり絶句した。以後、なぜか連絡が取れなくなった。
このままでは自分がゾンビ化するのは時間の問題だった。私は逃げ出した。とるものもとりあえず転居した。
新しい町で私が最初にやったのは、卵を買うことだった。商店街を歩いた。恐る恐る割ってみる。"美粒子"もない、"感念物語"もない、普通の商店街だった。ばんざい。私は嬉しくなって、電信柱の根元をくんかくんか嗅いだ。黄身の盛り上がった普通の卵だった。ここ以外ならどこへでも。

郵便局にて

このあいだ郵便局の窓口に並んでいたら、私が出そうと思ってカウンターの上に置いていた速達の前に、「ずいっ」と自分の手紙を置く人があった。ピンクのトレーナーを着た年配の女性である。私の視線に気づいているのかいないのか、平然と前を向いて立っている。この場合、考えられる可能性は三つある。①その人は最初から私の前に並んでいたのであって、私の視覚に一時的に障害が生じたために、その存在に気がつかなかった。②その人は"列に並ぶ"という習慣のない地方あるいは国あるいは惑星の出身者だった。③単なる割り込み。

①、②は仕方がないとして、問題は③だ。この場合私が取るべき態度としては、⑦何も言わない。どうせ言ってわかる相手ではないだろうし、何か言い返されたりして嫌な気分になったら、一日が台無しである。だいいち、たかだか二、三分の違いではないか。愚かな衆生を憐れむ大らかな菩薩の心ですべてを許し、晴れやかな悟りの境地で郵便局を後にする。⑩毅然として抗議で相手の気が済むというのなら、好きにさせれば良いのだ。

をする。なぜなら私は一個人として当然有する権利を侵害されたのであり、かかる行為が罷り通るのは民主主義社会全体の危機でもある。被害が二度と繰り返されないためにも、相手におのれの非を認めさせ、正義がなされた晴れやかな達成感とともに郵便局を後にする。

私は元来、砂漠のスリカタよりも、磯のカメノテよりも小心であるから、定石通りなら取るべき道は①である。しかし同時に私は、十八年前にバリ島の売店で釣銭をごまかされたことへのわだかまりをいまだに捨てきれない、度量の狭い人間でもある。とうぜん菩薩の心境になどなれるはずがなく、どっちみち一日じゅう気分が悪いことに変わりはない。となると、新たなる自分像の創出という意味でも、ここは思い切って⓪の戦術に出るべきか。

しかしその場合、この山田フサエ⑬は（きっとそんなような名だ）どう出るか。「あらごめんなさいね、オホホ」という素直なタイプならいいが、「やんのかオラ」といった凶暴な人格である可能性も充分にある。そうなれば言うべき言葉は一つ、「上等じゃねえか」。弾かれたよ一大事がかかっている。そうなれば言うべき言葉は一つ、「上等じゃねえか」。弾かれたように私をカウンターぎわに追い詰めていく。私は素早く周囲を見回す。武器になりそうなものは何もない。

対するフサエの手の届く範囲には、ハサミ、ペン、糊などの載った書き物台、それに傘立てに数本の傘。明らかに形勢不利。もはやこれまでか。とその時、目も眩むまばゆい光が局内を満たし、郵便の神が降臨する。〈郵便における闘いは公平でなければならぬ〉鐘のような大音声が響きわたる。局員たちはみな床にひれ伏している。気がつくと、フサエと私は右腕どうしを革紐でぐるぐるに縛られ、空いているほうの手に棍棒を握りしめている。これでどちらかが倒れるまで打ち合うのだ。それぞれの背後には、鎖に繋がれた虎。少しでも後退すれば餌食となる。コロッセウムを埋め尽くす何万という観衆の怒号と歓声のなか、試合開始を告げる青銅の銅鑼が打ち鳴らされる。

背中を伝う一筋の汗。フサエ、睨み合いの目を逸らさぬまま傘に手を伸ばす。

「次の方、どうぞ」郵便局員が言った。気がつくと、フサエの姿はもうどこにもなかった。

「五十円切手を二十枚ください。それと、これを速達で」と私は言った。

ぜっこうまる

　小学校五年生の、放課後のことだった。その日は台風が近づいていて、生暖かい風が校庭を吹き回り、空をどんどん黒い雲が流れていった。
　私は同級生のカヲルちゃんと、あとクラスの二、三人とで、体育館の横の水飲み場の周りに集まっていた。これからカヲルちゃんが"ぜっこうまる"の作り方を教えてくれることになっていたからだ。
　カヲルちゃんは、なかなか本題に入ろうとしなかった。「まず鍋を用意してねぇ……」などと言いながら、ものうげに足で地面に無意味な図形を描いたり消したりしている。
　体育館の鉄扉は開いていて、中に白い体操着を着た人たちが何十人か、床に座って先生の話を聞いているのが見えた。秋の運動会のラストを飾るリレー競走のために各学年から選抜された選手たちが、放課後居残りで、先生から説明を受けているのだ。"居残り"という言葉には、何かとても大人びた、かっこいい響きがあった。選りすぐりの優秀な人たちが、優秀であるがゆえに背負わされる任務、といった、悲壮な英雄っぽさがあった。じ

っさいそこに集められているのは、学年でもとびきり足の速い人たちばかりで、先生の話を聞いている横顔は、どれも〝少数精鋭〟の自覚に引き締まって見えた。
開いた扉にいちばん近いところに、同じクラスのキダ君が座っているのが見えた。キダ君は学年でも有名な乱暴者で、成績は悪かったが、体が大きくて、体育では誰にも負けなかった。頭を職人のような五分刈りにして、少しゴリラに似ているそのキダ君の横顔までもが、どことなく賢そうに見えた。

私は早く〝ぜっこうまる〟が何なのか知りたくてたまらなかった。それはどういうものなのだろう？　友だち同士の絶交と関係あるのだろうか？　丸いものなんだろうか？　作ったあと、どうするんだろう？　なのにカヲルちゃんは、なかなか話を前に進めようとしなかった。「砂糖をね……」と言って言葉を切り、また足下で図形を描いたり消したりしている。カヲルちゃんは大柄で、色白で、長い髪を片方の耳の下で一つに束ねて肩から胸にかけて垂らしているのが、大人っぽかった。

ふいにキダ君が私たちの方を振り返り、ウィンクしてみせた。ふだんは絶対そんなことをするタイプではないのにだ。でも、この日はそれが少しも不思議に感じられなかった。もしかしたらのウィンクは〝ぜっこうまる〟に関する何らかの合図だ、と私は直感した。風に飛ばされて、バケツが地面を転がっていった。校庭のどこかで、誰かが何か叫んだ。

体育館の集まりも、"ぜっこうまる"についての秘密の集会なのかもしれなかった。そういえば何となく、"ぜっこうまる"という言葉のもつ緊迫した雰囲気が、その集まりには漂っている気がした。

カヲルちゃんは相変わらず黙っている。なのに私も、他の子たちも、カヲルちゃんの白い足が地面をならすのを、じっと見つめつづけていた。今にして思えば、"ぜっこうまる"は本当は"べっこうあめ"の聞き間違いだったのかもしれない。カヲルちゃんは、単にもったいぶっていただけなのかもしれない。集会はやっぱりただのリレー競走の説明会だったのかもしれない。でも、その時の私にとって"ぜっこうまる"は、宇宙を動かしている見えないシステムの名前だった。カヲルちゃんも、キダ君も、体育館に集まっているみんなも、その時たしかにシステムとつながっていた。私ひとりが、つながれないままだった。

その時の、何か取り残されたような不安やさびしさやもどかしさを、私は何十年もたった今もどこかで感じつづけていて、だから五年生のあの何でもない放課後は、何度も何度も私の頭の中でリプレイされてしまう。カヲルちゃんの沈黙、キダ君のウィンク、流れる雲、誰かの叫び、転がるバケツ、選ばれた人たちの体操着のまぶしい白、何度も描かれては消される地面の図形。

ニュー・ビジネス

○肉の最もまずそうな動物ベストテン。(ナマケモノ、フラミンゴ、アルマジロ、オオサンショウウオ、マレーバク、スカンク、カメレオンｅｔｃ．)○もし万が一過去にタイムスリップしてしまった場合に備えて、自分が未来人であることを証明するために覚えておくべき出来事。(地震やテロの日付け、ワールドカップの勝敗ｅｔｃ．)○もとは土の地面だったところが舗装されてしまったら、その下で羽化を待っていた蝉の幼虫の死骸がびっしり並んでいるのか。(だからアスファルトの下には、地面に出られなかった幼虫の死骸がびっしり並んでいる。)

 私の仕事は、ほとんど体を動かさない。だいたいいつも机に向かい、腕を組んで考え事をしている。傍から見れば真剣に沈思黙考しているように見えるかもしれないが、実はろくなことを考えていない場合が多い。もちろん最初のうちは、真剣に沈思黙考していたはずなのだ。それがいつの間にか思考の経路が脱線して、気がつくとこんなことになっている。

それでも、ごくたまに、そう、脱線思考三百件につき一件ぐらいの割合で、もしかしたらこれは実用化できるのではないかと思わせるような有益なアイデアが浮かぶこともある。

たとえば、「猫マッサージ屋」。

飼ったことのある人なら覚えがあるだろうが、猫というのは体重はたいしたことがないのに、胸や腹の上に立たれるとけっこう重みがある。それはなぜかといえば足裏の面積が小さく、点で圧迫されるかっこうになるからで、ならばそれをマッサージに応用できるのではないか。客をうつぶせに寝かせて、その上に猫をのせるだけでいい。うまくツボにはまればけっこう気持ちいいはずだし、猫好きにとっては一石二鳥だ。好きな猫を指名できるようにしてもいい。従業員が猫なので人件費がほとんどかからないのがメリットだが、問題はその従業員の勤務態度だ。

それから、「汚れの通販」。

テレビの通販のコマーシャルで、いつも目が吸い寄せられるのは掃除関連の商品だ。クリーム状のクレンザーや蒸気の噴射器などを使って、ものすごく汚い洗面台や鍋などが見違えるほどピカピカになる。思わず欲しくなる。でも、その〝欲しい〟の気持ちをよくよく分析してみると、「うちの洗面台の汚れを落とすあの商品が欲しい」よりは、むしろ「あんな風に気持ちよく落ちる汚れが欲しい」であることに気がつく。たしかにコマーシ

water jelly	water jelly	water jelly
FR-2085-C	AL-4312-Vintage	BJK-26-SP

ヤルに出てくるあの洗面台の汚れは、何か特殊なものでできているような気がする。ならば、それをチューブに入れて売ったらよくはないか。みんな汚れ欲しさにクレンザーを買うかもしれない。クレンザーのおまけにつけてもいいかもしれない。みんな汚れ欲しさにクレンザーを買うかもしれない。私なら買う。

あるいは、「水ゼリー」。

私は寒天やゼリーやプリンなどのぷるぷるした食品が好きで、わけてもゼリーを愛している。できることなら、ウィスキー、麦茶、おでん汁など、何でもゼリーにして味わってみたい。しかし究極は何といっても「水ゼリー」であろう。純粋に、ゼリーのぷるぷる感と透明感だけが味わえる。ゼリー好きにとっては至福だ。どうせなら、水はエビアンとか「南アルプス天然水」などと凝りたい。海水や川の水、雨水なんかもいいかもしれない。他にも「熱い息鍼灸師」とか「トラウマ弾き語りバー」とか、いろいろ有力な案があるのだが、実行に移す根性も体力もないのでそのままだ。惜しい。誰かが代わりにやってくれたら、私はきっと客になるのに。

くだ

　小学校三年生の冬、鰻のあとにプリンを食べたらお腹が痛くなった。いつまで経っても治らないので、盲腸ではないかと大人たちが言いだした。盲腸なら手術だ。手術は嫌だ。だから「もう痛くない」と嘘をつき、そのまま年を越した。そのうちとうとう歩けなくなって嘘がばれ、病院に担ぎ込まれて即入院、手術の運びとなった。
　手術前に、執刀医の先生のところに連れていかれた。先生は食事中だった。飲みかけの味噌汁から顔を上げて、「大丈夫、怖くないからね」と優しく笑った、その白衣の前に血がいっぱい飛び散っていた。私は死を覚悟した。
　ひどく喉がかわいて目を覚ましたら、もうすべてが済んでいた。ベッドの周りに大勢人がいて、「腹膜炎を併発」とか「五分五分」とか「六時間も」などと言い合うのが、きれぎれに聞こえた。取った盲腸を見せられた父が、「マグロのトロのようだった」と言うのを聞きながら、またうとうとした。ときどき目を覚ますと、暗い天井にトロのような盲腸が浮かんでいたり、それを執刀医の先生が醬油につけて頰張っていたりした。

意識が戻ってみると、病室の隣には先客がいた。胆嚢か何かの大きな手術をしたおじさんで(といっても、今にして思えば四十歳にもなっていなかっただろう)、髭面でギョロ目だったが、優しい人だった。テレビ局に勤めていて、当時たいていの子供が見ていた勝ち抜き歌番組のスタッフをしていた。二人とも治ったら、こんど招待してあげるよ、と約束してくれた。

恐ろしいのは、日に一度の回診の時だった。先生がやって来て、私のパジャマの前を開ける。お腹の傷は長さが十センチほどで、そのちょうど真ん中あたりから、ストローを太くしたようなビニールの管が、煙突のように突き出していた。先生は、そのビニールの中にピンセットを突っ込んで血膿まみれのガーゼを中から引っ張りだし、新しいガーゼを詰め直す。引っ張られる時に痛かったし、何より自分の体の内側が外の世界と筒抜けになっていることが恐怖だった。けれど隣のおじさんの管はさらに長く、三十センチ近くあるということだった。先生はおじさんの管にも何かしているようだったが、いつもカーテンが閉じられていたので、カチャカチャという金属音と、おじさんの唸り声が聞こえるだけだった。

ある晩、夜中に目を覚ますと、隣から声が聞こえた。おじさんはよく寝言や独り言をいったが、なんだか誰かと話しているようだった。カーテンの隙間からそっと覗くと、おじ

ojisan   kishimoto

さんはベッドの上に起き上がり、お腹から出た管の先に片方の耳をつけて、うん、うん、と小さくうなずいていた。
けっきょく私は一か月ちかく入院していた。最後のほうは管も取れ、回診に来た先生は、管の取れたあとの穴を「よっこらせ」と言いながら指で少し広げ、中を覗きこんで、「うん、だいぶ良くなった」と満足そうに言った。
しばらくして、私より遅れて退院したおじさんが、本当に公開録画に招待してくれた。おじさんは番組の名前の入ったジャンパーを着て、舞台の隅で立ち働いていた。見違えるように血色が良くなっていて、てきぱきと動き回っていた。私は、あの夜おじさんが話をしていたのは誰だったのだろうかと考えた。
一か月ぶりに学校に行くと、私はみんなから珍しがられた。先生が私をみんなの前に立たせ、両肩に手を置いて、「キシモトさんは、こんな小っちゃな壺に入ってしまうところだったのを、頑張って戻ってきました」と言った。先生の感動したような口調が恥ずかしく、わけもなく泣きたくなった。私は少しのあいだクラスのスターになり、それからすぐに飽きられた。

奥の小部屋

　脳の迷路をいくつも抜けたうんと奥のほうに、薄暗い小部屋があって、そこに各種道具が立てかけてある。たとえば棒の先にイガイガの生えた大きな鉄の球がついているやつとか、鎖の先に鎌がついているのとか、『アラビアン・ナイト』に出てくるような大きな山刀とか、投石機とか、斧とか、バールとか、そんなものだ。
　ふだん、この部屋に行くことはめったにない。道具を使うのはよくよくのことで、それも使う相手と状況は限られている。
　自分という人間はよくわからないが、ことにわからないのは慈悲心と殺意のからくりだ。誰それが病気になったとか、気の毒な目にあったとか、死んだというような話を聞いても大して心を動かされないくせに、たとえば高いところから下の通りを見ていて、道行く人が丸い形の頭の先から小さな足を交互に出したり引っ込めたりするのを眺めていると、ふいに突き上げるような慈悲心がわき上がってきて、「すべての人に幸あれ」と心から願ったりする。

逆に、自分が知っている誰かに嫌なことを言われたりされたりひどい目にあわされても大して憎しみがわかないかわりに、通りすがりの名も知らぬ人に対しては、些細なことでものすごい殺意をいだいたりする。道具部屋の扉が開かれるのは、そういう時だ。たとえば

某月某日、狭い歩道を歩いていたら、後ろからチリチリとしつこくベルを鳴らし続け、どかずにいたら横に並んできて「どけよ、こっちは鳴らしてんだからよ」ととなった小洒落た黄色自転車の日焼け男。脳の奥で静かに小部屋の扉が開く音がする。こういう場合、使用するのは鋼鉄をも断つ斬鉄剣だ。このようなアメーバ以下の生物に使うは業腹なれど、その不釣り合いにお洒落な黄色マウンテン・バイクは普通の剣では斬れぬ。一閃、日焼けの顔が『肉面』のごとく飛んでガードレールに貼りつき、顔のあった部分は目、鼻、口が黒い穴となった赤い断面と化す。目が見えなくなって手さぐりで前に差し出したその両腕をすばやく小口切り、脚は斜め削ぎ切りにして喉から腹まで一文字に割いて内臓を出してよく水洗いし、先生、この内臓はいかがしましょう？　ああ、それは食べられませんので、捨てちゃってください。はい、次にメインの自転車ですけど、このようにタイヤをはずして胴を三枚におろし、塩コショウして手早く炒め、お皿の中央に見目よく盛りつけてくださいね。ほら、鮮やかな黄色が食欲をそそりますでしょ。そして余った場所に先ほど

a strong   *a' b* stronger   *c* strongest

下ごしらえしておいたつまを添えますが、あらあらあら、ちょっとあなたこれどこで仕入れたの？　匂いかいでごらんなさい、これ全然駄目よ腐ってるわ。きゃ、ほんとですね先生、すみません、今度から気をつけます。まあいいわ、メインはあくまで自転車ですからね、はい、じゃあこれで完成ですね。わあー、おいしそうですね先生。ええ、鮮やかな黄色とタイヤのイボイボが食欲をそそって、夏場にはぴったりのひと品ですね。きょう作ったお料理、くわしい作り方はテキスト三十九ページをごらんください。それではまた来週。この間わずか〇・五秒。すれ違いおわるまでに復讐は完了している。　相手は自分が復讐されたことに気づいてすらいない。

一回使った道具は、きちんと手入れしてからしまう。こびりついた汚れをていねいに水で洗い落とし、必要な場合は油を塗り、柔らかな布でよく磨き、乾かしてから小部屋の定位置に立てかけておく。

道具は大切にしなさいと、イチローも言っていたしね。

フェアリーランドの陰謀

たとえば、シャンプーとリンスを買う。シャンプーとリンスの容器はとてもよく似ていて間違えやすいので、同じものを買わないように、何度も何度も確かめてからレジに向かう。間違いない、確かにシャンプーとリンスだ。夜、まず髪をシャンプーし、ついでリンスを髪にすりつける。やたら泡が立つ。ボトルを確かめる。シャンプーだ。誓ってもいい、買う時には絶対にシャンプーとリンスだったのだ。なのに目の前のボトルはシャンプーとシャンプーに変わっている。

これはどう考えても、妖精のしわざとしか思えない。妖精がボトルを手に取る一瞬だけ私の目をくらましたか、さもなければ後でこっそりすり替えたに違いないのだ。

あるいは、パスタを買う。いつも買うパスタには太さが三種類あるが、私が好きなのはいちばん細いやつだ。袋の表面には表示がないので、いつも裏の「ゆで時間」を確かめてから買う。「8〜9分」でも「12〜13分」でもない「5〜6分」、これだ。「ゆで時間5〜6分」、シャンプーで懲りているので、十回ぐらい確かめてから買う。次の日、パスタを

茹でて食べる。硬い。袋の裏を見る。「ゆで時間8〜9分」と書いてある。またただ。またしても妖精にしてやられた。

別のある日のこと。夜、電話が鳴って、いきなり「なんで家にいるのよ！」と驚かれる。数人で友人宅に集まっていて、その日は私もそこに行くはずだったのだ。だがそれは八日のはずだ。今日はまだ六日だ。そう言うと、「何言ってるの、六日だってあれほど言ったのに」と呆れられる。そんなはずはない、もらったメールにも道順のファックスにも「八日」と書いてあったはずだ。何度も確かめた。ところがメールとファックスを見直すと、「六日にお待ちしています」に変わっている。しかも友人に言わせると、数日前に電話でその件について話し合った際に、私が八日だと思い込んでいる様子だったので注意すると、私は「ああ六日だったんだ、間違えてた。くわばらくわばら」と言ったのだという。まるで記憶にない。

私は慄然となった。妖精の手口は確実に進化している。私の目を惑わせて「六日」を「八日」と読ませたのみならず、一時的に私の意識を占領し、耳と口を操って、偽りの台詞を言わせるという術をさえ弄したのだ。

オーケイ。奴らは巧妙だ、それは認めよう。しかしいったい何のためにそのようなことをするのか。私をそのように困らせることによって、いったい彼らにどんな益があるとい

kishimoto

うのか。

最近では、妖精の姿が目に見えるように思える時がある。たとえば財布にたしかに入れておいたはずの札が消えているのに気づいた時、止めた覚えのない目覚まし時計が勝手に止められているのを見つけた時、そんな時に素早く頭をさっと横に動かすと、あわてて隠れる彼らの姿を、一瞬目の端に捉えたような気がすることがある。

いずれもっと速く頭を動かせるようになったら、連中をこの手で捕まえられるのではないかと私は思っている。素早く逃げようとする、その足だか尻尾だかをあやまたず捕え、さんざんに脅しつけて、きっとどこかにあるに違いない彼らの国に案内させる。そこにはきっと作戦本部のようなものがあり、大きなスクリーンでいろいろな人間の行動を監視しながら、次なる悪事の作戦会議を開いているに違いないのだ。そこに乗り込んでいって、無事に戻ってでもその後どうすればいいのだろう。だいいち、私はその国からこちら側に、無事に戻って来られるのだろうか。逆に襲われて生け捕りにでもされたらどうしようか。あんがい、それこそが連中の狙いなのかもしれない。

日記より

某月某日
シャツの洗濯方法がわからなかったので、裏返してラベルを読んだ。ラベルには、ひどく細かな字でびっしりと指示が書いてある。〈まず全体を軽く砧で叩いたのち〉〈いったん半乾きにしてから烏に〉〈近隣の河川にて一晩〉。読み進むうちにそれはやがて壮大かつ波瀾万丈の物語となり、いくつもの国があらわれては滅び、何人もの英雄が生まれては死に、寺院やパゴダや大聖堂が築かれては崩れ、素粒子よりもさらに小さなまだ発見されていない物質の世界から宇宙の果てまで旅して帰って来たときにはシャツはすでに朽ち果て、もはや洗うまでもなかった。

某月某日
私は風疹をこじらせて死んだので、土葬されることになった。
日が落ちてから知り合いのおじさんが私を小さな木箱に入れ、それを自転車の荷台にく

くりつけて田んぼの中の一本道を走り出した。木箱の隙間からのぞく空は、信じられないくらい鮮やかな群青色だった。この群青色をきちんと見届けてからでなければ、自分は死んではいけなかったのだ。急にそう気がついて焦りだし、箱の中から「空が見たい、空が見たい」と叫んだが、おじさんには聞こえないのか、自転車は一向に停まらない。

そうこうするうち、土饅頭が見えてきた。

某月某日

いつも行く渋谷の書店の片隅に、それまで気がつかなかった薄暗い階段を見つけた。降りていくと、池のように大きな水槽があり、その中で一頭の白熊と、むくつけき体格のアメフト選手数人がじゃれ合っていた。水は濁った緑色でおそろしく臭いのだが、男たちは楽しそうに白熊と戯れている。手前の柵に、展望台の望遠鏡のようなコイン投入口があり、「コインが切れると白熊が怒りだします」と書いてある。あわてて小銭入れの中から硬貨を出してつぎつぎ投入したが、それもじきに底をつきそうになってきた。私は振り返って助けを求めたが、みんな立ち読みに夢中なのかそれとも聞こえないふりなのか、誰も顔を上げてくれない。

某月某日
小学校の同級生と偶然に再会した。彼女は父親の後を継いで落語家になると皆から思われていて、自分でもそう言っていたのだが、思い詰めた表情で「じつは蝶に弟子入りしたんだ」と言って、渦巻き状の口吻をピッと伸ばして見せた。お父さんは許してくれたの、と訊くと、ならばどうするのかとたずねると、後を継ぐのはやめたという。彼女は寂しそうに笑い、黙って首を横に振った。

某月某日
ふだんは高くてとても手の出ない店がバーゲンをやるというので、勇んで出かけた。素敵な服がたくさんあるのだが、いかんせんどれも高い。他の人も考えは同じらしく、ためつすがめつするわりには、みんな購入をためらっている。と、とつぜん店長らしき痩せた髭の男が、パンパンパンパンと大きく手を打ち鳴らし、「ちょっとちょっと、みんな買わなすぎ！ ケチくさすぎ！ その筆頭がそこのキシモト！」。私がでへへと笑うと皆もどっと笑った。笑いながら、ここは怒るべきところだったのではないかと気づくが、もう遅い。

お隣りさん

国会図書館に調べ物をしにいくのが、年に一度の恒例行事だ。

入口を入るとすぐのところに置いてあるビニール袋を一枚取る。その袋に筆記用具などを入れ荷物の残りはロッカーにしまう。用紙に住所氏名年齢職業を記入する。雨の日なら傘立ての番号も忘れずに記す。その紙と引き換えに磁気カードを受け取り駅の改札機のようなものを通って中に入る。磁気カードを発券機に入れて閲覧申請用紙を出す。端末で検索をして用紙に番号を記入して申請カウンターに出す……。目指す資料にたどり着くまでには数々の手続きを経なければならず、しかも年に一度しか来ないのであらかた忘れていて、いちいちとまどってしまうのだが、それがまるで数々の障害を乗り越えて「手続きの帝国」を攻略していくようで、面白い。

昼は食堂でカレーを食べる。ここのカレーは今どき珍しい小麦粉が主成分の黄色いルーで、真っ赤な福神漬けがついており、運ばれてきた瞬間に「来年は絶対カレーはやめよう」と毎年のように誓っていたことを思い出すのだが、一口食べると、そのまずさがすで

に病み付きになっていて、実はけっこう美味しいと感じてしまうこともまた思い出す。
 カウンターに用紙を出すと、後は電光掲示板に自分の番号が表示されるまで待つ。混んでいる時は一回に三冊ぐらいしか閲覧できない上に小一時間待たされる。資料のコピーを申請するとそれも三十分ぐらい待たされる。だから「手続きの帝国」は「待機の帝国」でもある。こういう時に備えて読む本を持っておくのだったと毎年思うが後の祭りだ。何千万冊と本がある場所にいて、自分が読む本が一冊もない。そこで退屈しのぎに書籍の分類カードのコーナーに行き、意味もなく自分のカードをめくってみたりする。ついでに自分の前後の人はどんなものを書いているのか見てみたりもする。私の一つ前は岸本Q助という人だ。炭焼きの専門家であるらしく、『炭焼き入門』『炭の歴史』『炭と木酢液のすべて』といったような著作がいくつもある。なんだかとっても興味深い。木酢液とはどんなものだろう。炭焼きの副産物だろうか。何に使うものだろうか。酸っぱいのだろうか。ごましお頭を五分刈りにしているだろうか。肌は日に焼け、首にはタオルをかけているだろうか。地下足袋をはいているだろうか。
 Q助の朝は早い。夜明け前に山に分け入り、窯の扉を開ける。前の日に仕込んだ炭の焼き上がりに、Q助は満足そうにうなずく。壁には琥珀色の木酢液がびっしり結露している。Q助はそれを指ですくって舐め、酸っぱさに顔をしかめる。窯の入口に傷ついた小鳥や鹿

S KISHIMOTO
Q KISHIMOTO

や熊が木酢液をねだりに集まってくる。Q助はその一匹一匹に優しく木酢液を塗ってやる。それからQ助は木を伐る。斧をふるいながら高らかに歌えば、声は谷にこだまする、ヘイヘイホー。小鳥や熊や鹿たちも一緒に歌う。仕事を終える頃には、日は西の空に傾いている。

夜、灯火の下でQ助は本を書く。炭焼きの素晴らしさを一人でも多くの人に知ってもらいたくて、木酢液の水割りをすすりながら、寝る間を惜しんでただ一心に書く。

年に一度、Q助は国会図書館にやって来る。炭焼きに関する古い文献にあたるためだ。年に一度しか来ないのであらかた手続きを忘れてしまっているが、何とか申請書を出すと、することがない。退屈なので分類カードで自分のところをめくってみるだろうか。それともそんなことは一切せず、ただひたすらに炭焼きへの熱い思いを胸に秘めつつ、まっすぐ電光掲示板を見上げているだろうか。貸し出しカウンターに向かう。自分の番号が表示された。

ホッホグルグル問題

　たとえば、何も考えずにぼんやりしているような時に、心の片隅で小さく「ホッホグル グル」とつぶやく声がする。
　一度これが聞こえてしまうと、もうだめだ。その日はいちにちホッホグルグルの日とな る。仕事をしていても「ホッホグルグル」。街を歩いていても「ホッホグルグル」。テレビ を見ていても「ホッホグルグル」。小声で、控えめに、しかし執拗に、その言葉は事ある ごとに、おのれの存在を主張する。
　ホッホグルグルと私との出会いは、十数年前にまでさかのぼる。会社の昼休み、同僚の 一人がふいに「子供の頃、新宿に〝ホッホグルグル〟という看板を出した店があった」と 言いだしたのだ。しかし居合わせた人々は誰も信じなかったばかりか、夢でも見たんじゃ ないのか、などとからかったりした。彼女はなおも「本当だ。確かにこの目で見た。妹も 一緒だった。何なら妹を連れてきて証言させる」などと言い募ったが、そこで昼休み終了 のベルが鳴り、その話題もそれきりになった。

それから十数年たった今頃になって、なぜ私の頭にホッホグルグルは現れるのか。何かこの世に訴えたいことでもあるのかホッホグルグル。たしかに私もその場にいて、「何それー、ゴリラでも売ってんのー」などと一緒になって嗤いはしたが、そのことを恨みに思って出てくるのか。わからない。意味も動機も謎のまま、今も数か月に一度の割で私の頭の中に現れては、ひっそりと存在を主張し、半日ほどで去っていく。

しかしホッホグルグルの場合、さしたる霊障を及ぼさないからまだいい。厄介なのは『プリティ・ウーマン』だ。

何かの拍子に、『プリティ・ウーマン』の前奏の部分が鳴り出す。するともうだめだ。頭の中がその音で一杯になり、物が考えられなくなる。しかも悪いことには、本編の歌詞を知らないものだから、頭の中では前奏の部分だけがエンドレスで流れ続けることになる。さらに悪いことには、その部分が私にはどうしても「ズン・ズン・ズン・ズン・ズン・ドコ」と聞こえてしまう。脳内はズンドコの地獄と化す。

なんとか調伏しようと、私は読経を試みる。敵は強力な悪霊ゆえ、よほど霊験あらたかな経文でなければならぬ。「隴西の李徴は博学才穎、天宝の末年、若くズンして名をズンズ虎榜に連ね、ついで江南尉に補せられたが、性ズンドコ狷介、自ら恃む所頗る厚くズンズンズンズンズンズン」だめだ。中島敦や夏目漱石や三島由紀夫などの高僧の法力をもっ

ch ch ch ch ch cherry bomb ch ch ch ch ch cherry bomb ch ch ch ch ch cherry bomb
ch ch ch ch ch cherry bomb ch ch ch ch ch cherry bomb ch ch ch ch ch cherry bomb
ch ch ch ch ch cherry bomb ch ch ch ch ch cherry bomb ch ch ch ch ch cherry bomb
ch ch ch ch ch cherry bomb ch ch ch ch ch cherry bomb ch ch ch ch ch cherry bomb
ch ch ch ch ch cherry bomb ch ch ch ch ch cherry bomb ch ch ch ch ch cherry bomb
ch ch ch ch ch cherry bomb ch ch ch ch ch cherry bomb ch ch ch ch ch cherry bomb
ch ch ch ch ch cherry bomb ch ch ch ch ch cherry bomb ch ch ch ch ch cherry bomb
ch ch ch ch ch cherry bomb ch ch ch ch ch cherry bomb ch ch ch ch ch cherry bomb
ch ch ch ch ch cherry bomb ch ch ch ch ch cherry bomb ch ch ch ch ch cherry bomb
ch ch ch ch ch cherry bomb ch ch ch ch ch cherry bomb ch ch ch ch ch cherry bomb
ch ch ch ch ch cherry bomb ch ch ch ch ch cherry bomb ch ch ch ch ch cherry bomb
ch ch ch ch ch cherry bomb ch ch ch ch ch cherry bomb ch ch ch ch ch cherry bomb
ch ch ch ch ch cherry bomb ch ch ch ch ch cherry bomb ch ch ch ch ch cherry bomb
ch ch ch ch ch cherry bomb ch ch ch ch ch cherry bomb ch ch ch ch ch cherry bomb
ch ch ch ch ch cherry bomb ch ch ch ch ch cherry bomb ch ch ch ch ch cherry bomb
ch ch ch ch ch cherry bomb ch ch ch ch ch cherry bomb ch ch ch ch ch cherry bomb

てしても、『プリティ・ウーマン』の霊は退散するどころか、ますます勢いを増していく。足を速めれば速めるほど、脳内の音楽も一緒に「ズンズンズンズンズンドコズンズンズンズンドコ」と苛烈さを増していく。電車に乗り、渋谷の雑踏をかいくぐり、スタバでコーヒーを飲んでも悪霊はまだついてくる。

かくなる上は最後の手段。私はいま一体の凶霊『チェリー・ボム』を召喚する。『チェリー・ボム』は、昔ランナウェイズという下着姿の女性バンドが歌っていた曲で、これのサビの「チュチュチュチュチュ、チェリーボム!」もまた私をたびたび苦しめるのである。頭の中で『プリティ・ウーマン』と『チェリー・ボム』がハブ対マングースのごとき死闘を開始する。ズンズンチュチュチュチェリーボムズンドコズンチェリーチュチュズンズンボムドコチェリーボム!

しかしこれは危険な賭けだ。うまく相討ちとなって両方とも消えてくれればいいが、どちらかが残れば地獄は続くし、最悪の場合は両者が合体して何がなんだかわからない状態となる。

そうなったらもう、踊るしかない。

「毎日がエブリデイ」

10：53　翻訳をしていて、意味のわからない一文に出くわす。

10：54　英和辞典を引き、英英辞典を引く。もっと大きな英和辞典を引き、英英辞典を引く。もっと大きな英英辞典を引く。わからない。

10：59　部屋の中を歩き回り、頭を壁にぶつける。わからない。

11：05　唐突に空腹を覚える。時計を見て、正午までまだだいぶ間があることを知り、軽い失望を覚える。

11：06　昼ごはんは何にしようかと考え始め昨日のカレーの残りにしようと思いつき、カレーの味や香りや具の食感が頭の中で次々よみがえり楽しい気分になる。

11：09　しかし仕事の区切りがつくまでカレーはお預けだと思い直し、再び目の前の英文に意識を集中させる。

11：10　ジャーにご飯が残っていなかったことを思い出し、昼食をカレーにするという計画が音を立てて崩れ去る。

11:11 カレーへの想い断ちがたく、コンビニで買った食パンで代用することを決意する。

11:11 コンビニの食パンを見た時に必ず感じる、ある釈然としない感じが胸の内によみがえり、その原因は何であるかと考えた結果、ビニール袋を留めているあのプラスチックの留め具であることに気がつく。

11:13 外気を遮断するのに、あれは本当に最良の方法なのだろうか。

11:13 この世のどこかには、あれだけを専門に作っている町工場が存在するのだろうか。

11:13 そもそも、あれの名称は何というのか。

11:15 再び目の前の英文に意識を集中させる。

11:19 慣用句辞典を引き、引用辞典を引き、しぐさ辞典を引き、固有名詞辞典を引く。

11:24 「ほくろ」の語源は「母くそ」であり、かつては母の胎内で糞がついたものがほくろであると信じられていたということを学習し、少し得した気分になる。

11:27 時計を見る。先ほどから全く仕事が進捗していないことに愕然となり、再び英文に意識を集中させる。

11:35 いくら考えてもわからない。

11:35 もしかしたら自分は馬鹿なのではないかと思い始める。

消費期限
EVERYDAY
11:45

11:36 そう言えば昨日も、膝の上に紅茶カップを置いているのを忘れてブラウン運動の真似をしたために紅茶をこぼしてしまい、自分は馬鹿なのではないかと悩んだばかりだった。

11:36 そうだそうだ。以前、妹がタロット占いをしてもらったところ、「きょうだいの位置に〈愚者〉のカードが出たのだった。

11:37 そうか、自分は馬鹿だったのだ。ああ馬鹿だとも。笑うがいいさ。あはは。

11:39 『人間なんて』を口ずさみながらパソコンを立ち上げ、メールチェックをする。ときどき変なサイトを探して教えてくれる知人から、新作が届いている。

11:41 自分の睡眠時間が異常に長いのは政府の陰謀であると主張する女性のホームページや、ボランティアでミステリーサークルを作っている人たちのホームページなどを見て、自分は馬鹿としてもまだまだであることを知る。

11:45 ふと思いついて、先ほどからわからない文章を丸ごと検索にかけ、それが歯磨きの有名な宣伝文句であることを知る。急に目の前の霧が晴れたような爽やかな気分になり、『ハリスの旋風』のテーマ曲を歌い踊りながらカレーの鍋を火にかける。

11:51 食パンがカビていることを発見する。

疑惑の髪型

　最近、気がつくといつも一つのことを考えている。
　何かといえば、それは「ちょんまげ」のことだ。
　どうしてみんなは、あのような異常な髪型を平然と受け入れることができるのだろうか。
　時代劇を観ていて、何の違和感もおぼえないのだろうか。
　私はだめだ。いつまでたっても慣れることができない。どんなに素晴らしい時代劇であろうと、「そうは言っても、この髪型じゃなあ」と思った瞬間、気持ちが冷めてしまう。ちょっといいなと思っていた俳優でも、「ちょんまげ」姿を見てしまったが最後、思慕の念は露と消える。
　わざわざ頭の前面の、いちばん目立つ部分の髪をつるつるに剃る。そのうえ側頭部の髪をこれでもかとばかりに伸ばし、あまつさえその伸ばした髪を後ろで束ね、棒状にして剃った部分に載せなおす。何かの罰ゲームか、恥辱プレイの一種としか思えない。そんな髪型を、ほんの百何十年か前まで人々が普通にしていたということが、私にはうまく信じら

れない。

だいいち、あの「月代」と読めるのか。「自転車」と書いて「みかん」と読ませるのと同じくらいの違和感だ。

わかっている。「あれは戦国時代に兜をかぶる必要から生まれた髪型だ」と言いたいのだろう。「ちょんまげ」に関する悩みを人に相談すると、よくそういう答えが返ってくる。しかし、その説明にもいま一つ納得できない。頭が蒸れるのだったら、丸坊主にすればいいし、形が頭にフィットしないのなら兜のほうを変えるのが筋だ。それに、百歩譲ってあれが機能的な髪型だったとしても、関係のない町人までが真似をするほどの美的要素が、「ちょんまげ」にあるとは思えない。

このままでは、一日じゅう「ちょんまげ」のことが頭から離れなくなり、日常生活にも支障をきたすようになるのは目に見えている。そこで、私なりに納得のいく説明を考えてみた。

①ある大名が歳をとり、頭頂部が完璧に禿げ上がった。それを見た家来たちは、殿一人に恥をかかせてはならぬと頭頂部の毛を剃って出仕するようになった。すると大名は家来の忠誠心の限界を試したくなり、今度は側頭部の毛を伸ばしはじめた。家来はすかさずそ

【 ×GAME.1 】　　　【 ×GAME.2 】　　　【 ×GAME.3 】

れに倣った。こうして髪型はどんどんエスカレートし、ついに「ちょんまげ」が完成された。一連の顛末は、主人と家来の固い絆を物語る美談として城下にまで伝わり、心を打たれた町人たちが競って真似をするようになった。
② 本当にあれは罰ゲームだった。お城で失敗をした家来が、懲らしめに、思いつくかぎりもっとも珍奇で恥ずかしい髪型を殿様に命じられた。家来はさんざん皆の笑い物になったが、その屈辱をバネにがんばり、同期の誰よりも早く出世した。やがてその髪型は不屈の奉公魂のシンボルとなり、他の家来たちも真似をするようになった。
③ 邪悪な宇宙人が襲来し、この髪型にしなければ人類を滅ぼすと脅して無理やり人々を「ちょんまげ」姿にさせ、その後自分たちに関する記憶を人々の頭からすべて消去して、宇宙に帰っていった。
今のところ私のなかでは①の説が一番有力だが、もし③だったらと思うと、時代劇で生真面目に「ちょんまげ」のかつらをかぶっている人たちが気の毒でならない。彼らは悪い宇宙人にだまされて、ありもしなかった恥ずかしい髪型をさせられているのだ。
ところで私は殿様の、あの引きずるほど長い袴の裾のことも、そろそろ気になりだしている。

桃

I

　昔むかしあるところにお爺さんとお婆さんがおりました。お爺さんは山に柴刈りに、お婆さんは川へ洗濯に行きました。お婆さんが川で洗濯をしていると大きな桃がドンブラコッコスッコッコ、と流れてきましたが、お婆さんがふと「ドンブラコッコスッコッコの"スッコッコ"とは何なのか？ だいいちそれではぜんぜん擬音語になっていないではないか？」などと自問しはじめてしまったため、桃はそのまま流れていってしまいました。

おしまい

II

　昔むかしあるところにお爺さんとお婆さんがおりました。お爺さんは山に柴刈りに、お婆さんは川へ選択に行きました。お婆さんが川に行くと、大きな桃がドンブラコスッコッコ、と流れてきましたが、お婆さんは①桃を拾う、②桃を拾わない、のうち②を選択

したので、桃はそのまま流れていってしまいました。

　　おしまい

Ⅲ

　昔むかしあるところにお爺さんとお婆さんがおりました。お爺さんは山に柴刈りに、お婆さんは川へ洗濯に行きました。お婆さんが川で洗濯をしていると大きな桃がドンブラコッコスッコッコ、と流れてきました。その桃を家に持ちかえって割ってみると、中からものすごく大きな種が出てきました。「そらまあそうだわな」と二人とも納得しました。

　　おしまい

Ⅳ

　昔むかしあるところにお爺さんとお婆さんがおりました。お爺さんは山に柴刈りに、お婆さんは川へ洗濯に行こうとしましたが、お爺さんが「なんかわし今日ダルい」と言い、お婆さんも「だったらあたしだってめんどいし」と言い、桃も「じゃあ俺も流れるのやめとく」と言い、川は「えー、じゃあ自分だけ馬鹿みたいじゃん」と言いました。

　　おしまい

V

　昔むかしあるところにお爺さんとお婆さんがおりました。お爺さんは山に柴刈りに、お婆さんは川へ洗濯に行きました。お婆さんが洗濯をしていると大きな桃がドンブラコッコスッコッコ、と流れてきました。その桃を家に持ちかえって割ってみると、中から金銀財宝が出てきました。お爺さんとお婆さんは「手間がはぶけた」といって喜びました。
　　　　おしまい

VI

　昔むかしの桃山時代に桃のようなお爺さんと桃のようなお婆さんがおりました。桃のようなお爺さんは桃山に桃狩りに、桃のようなお婆さんは桃川に桃を洗いに行きました。大きな桃がドンブラコッコスッコッコと流れてきましたが、お婆さんが見向きもしなかったため、桃はそのまま流れていってしまいました。
　　　　おしまい

かげもかたちも

　幼稚園に上がった年から現在まで、数年のブランクをはさんで、ずっとOという私鉄の沿線に住んでいる。新宿から遠く箱根の方まで延びているO線は、朝晩のラッシュがムンクの『叫び』級で、十年ほど前にたまりかねて逃げ出したのに、結局また吸い寄せられるように戻ってきた。

　何十年と同じ電車に揺られて同じ景色を見つづけていると、しぜんと気になるスポットや、贔屓(ひいき)の風景ができてくる。

　たとえば、S駅近くの線路際に昔からあるボクシング・ジム。リングが見える窓と電車の窓の高さがちょうど同じなので、通るたびに中を覗こうとするのだが、電車の速度が速いので、いつも、動きまわる肌色と、グラブの赤や青と、サンドバッグの黒光りが、断片的に見えるだけだ。

　その少し手前の小さな踏切に設置してある立て看板も、昔から気になっていたポイントだ。動体視力を最大限に駆使して読んだかぎりでは、「かげもかたちもなくなるぞ」と書

いてあって、子供が電車にぶつかっているような絵が描いてある。血みたいなものも飛び散っている。いつかきっと降りて見にいこうと思っているうちに、なくなってしまった。

某駅のホームに、やはりずっと前からあるとんかつ屋の看板。店の名前の横で、ナイフとフォークを持った子豚が、嬉しそうに踊りながらよだれを垂らしている。その看板は今までにつごう三千回くらい目にしているが、そのたびに「この絵はどこか間違っている」と、釈然としない気持ちにさせられる。

別の駅には、中学生の頃くらいまで、お気に入りの看板があった。ある医院の広告で、そこの電話番号を四二八─〇四六四、と今でも即座に言えるのは、看板に「シニハ ナイ ヨロシ」とルビが振ってあったからだ。その同じ場所に、今は〈波平レディスクリニック〉という別の病院の看板があって、もちろん「なみひら」と読むのだろうけれど、どうしても「なみへい」と読んでしまい、ついついサザエさんの父がマタニティ・ドレスを着ている絵を思い浮かべてしまう。

長年ひそかに定点観測を続けているスポットもいくつかある。そのうちの一つは、終点の少し手前にある、肉眼でははっきりそれとわかるほどに傾いた木造一軒家で、隣の空き地に長い木材を一本立てかけてつっかえ棒にしていたのだが、私が中学、高校、大学と進むあいだにどんどん傾きがひどくなり、つっかえ棒も二本、三本と増えていった。その前を

通るたびにハラハラしながら（がんばれ！　家！）と心の中で声援を送っていたのだが、引っ越して戻ってきたら、もうなくなっていた。

もう一つ、通りかかるたびに、まだあることを確かめて安心するのは、U駅を越えたあたりの線路脇から斜めに出て、下の地面に下りていく、幅二メートル、長さ五メートルほどの小さな土手で、形が何となく恐竜の背中に似ているので、子供の頃からひそかに愛していた。これはまだなくなっていないが、左右からじわじわ住宅に侵食されつつあり、今からそれがなくなった時のことを想像して、見るたび軽い喪失感に襲われる。

ところで先日O線に乗ったら、どこかの踏切で事故があり、電車がちょうど例のボクシング・ジムの真ん前で停車した。そうして私は初めて、本当に数十年めにして初めて、ジムの練習風景をじっくり見ることに成功した。リングの中央にスキンヘッドの巨漢が腰に両手を当てて仁王立ちになり、その腹を若者がすごい勢いで連打していた。巨漢はびくともしなかった。驚いた。やはりあの中ではすごいことが行われていたのだ。

あれは本当に生きた人間だろうかと目を凝らしているうちに、電車は動きだした。

夏の思い出

大学二年の夏、半月ほど寮で暮らしたことがある。

それはある通販会社の女子寮で、私は高校時代の友人に誘われて、その会社でアルバイトをしたのだ。仕事は倉庫で注文票に書いてある品を棚から取ってきて箱に詰めるというもので、その倉庫が東京近郊の田んぼの真ん中にあったので、アルバイト生は寮に住み込んで、毎朝マイクロバスで通った。

仕事は楽しかった。猿でもできるような単純作業だったが、私は頭を使わないですることが好きだったし、他のバイトや社員のお姉さんたちとも気が合った。真夏の倉庫は蒸し風呂で、私たちは女ばかりなのをいいことに、半裸に近い恰好で首からタオルをかけ、パイプ椅子に立て膝でジュースを飲んだ。

私がそのアルバイトをやることにした最大の理由は〝寮〟だった。親元を一度も離れたことがなかったので、寮生活というものに憧れがあったのだ。じっさいそれは期待通りの面白さだった。こまごまとした奇妙な規則があるのが珍しく（めいめいが皿拭き用の布巾

を割り当てられ、それを干す場所が厳密に定められているとか、食堂の冷蔵庫には氷が常備してあるのに、なぜかそれを使うことは固く禁じられているとか、その規則をわざと破るのがまた修学旅行のようで愉快だった。私たちは何度も夜中に氷を盗んでは、誰かの部屋に集まって（これも禁止事項の一つだった）遅くまで酒盛りをした。

ただ、寮には食事から掃除まで一切をとりしきっている管理人のおばさんがいた。ちょうど私たちの母親くらいの年齢で、痩せて体が平べったく、色白丸顔でおとなしい感じだったが、この人が少し変わっていた。

たとえば、夜中にこっそり氷を盗むと、翌日には必ず冷蔵庫のドアに赤い付箋が貼られていた。どんなに水を足してわからないようにしておいても、付箋はあやまたず現れた。口頭で注意すればいいと思うのだが、絶対にそうはしなかった。

おばさんは、私たちが昼間、仕事に行っている間に部屋に入っているらしくもあった。空き瓶が勝手に片づけられていたり、戸棚の中に乱雑に突っ込んであった下着が畳んであったり、化粧道具を使ったような跡があることもあった。

お姉さんたちに訊くと、おばさんは半年ぐらい前にこの寮にやって来て、初めはごく普通だったが、暑さが増すにつれて、少しずつおかしな行動が目立ちはじめたのだという。

ある日、私の友人が気分が悪くなり、昼過ぎに一人だけ寮に戻った。食堂を覗くと、お

◆ファイトある
女アルバイト 30名

炊事のおばさん 有
年不問 綺麗で簡単な仕事
(給) 3万9〜7万上
昇給各保有
寮 冷暖房完備 寝具・制服支給
したDXです

郵番 105
(株)箱詰製作所 (222) 6666

ばさんが全裸で立っていた。友人と目が合うと、「あらどうしましょ、どうしましょ」と言いながら、テーブルの周りをぴょんぴょん跳び回った。
また別の日は、門限ぎりぎりに帰ってきた人が、おばさんが門を閉めようとしているのを見て、十メートルぐらい手前から「待って！」と叫んだのに、おばさんはまっすぐその人の顔を見ながら、ガシャンと鉄の門を閉じ、錠をおろした。
私たちを何より不気味がらせたのは、食事だった。週に二、三回、同じ魚が出されるのだが、それが腹に一列だけ鱗がある見たこともない種類の魚で、私たちはひそかに〝ウロコ魚〟と呼んでいた。ウロコ魚の身を箸でほぐすと、中から丸いものがたくさん出てきた。魚の目玉だった。
ある晩、私たちが小腹をすかせて食堂へ下りていくと、テーブルの上におにぎりが置いてあった。夕食のご飯が余ると、たまに夜食を作っておいてくれるのだ。ラッキー、と誰かが言って早速かぶりつき、すぐに吐き出した。中身はラードだった。
けっきょく私と友人は予定を切り上げてその寮を逃げ出した。その後おばさんと寮がどうなったのかは知らない。今でも暑くなると、あの寮のことを思い出す。
それにしても不思議なのは〝ウロコ魚〟だ。あの後どんな図鑑を調べても、そんな魚はどこにも見つからないのだ。

目玉遊び

　空が白く曇っている。こんな日に空をじっと見ていると、上の方からゆっくりと何かが降ってくる。極細のペンで描いたようなつぶつぶした丸い泡粒に、毛埃のようなものも混じっている。落ちていく先を目で追っていって、追いきれずにまばたきすると、泡粒は一番上までピュンと上がって、またゆっくり落ちてくる。面白くて何度もまばたきする。だんだん上下動だけでは物足りなくなってきて、目玉を左右に動かす。ぐるぐる回る。泡粒と毛埃はどこまでもフォーメーションを崩さないまま、目玉の動きに合わせてダンスを踊る。

　この遊びをやるようになったのは、もうかれこれ小学校に入ったぐらいの頃だ。今なら、目の表面についた涙の泡や小さいゴミが、網膜のスクリーンに映ってそんな風に見えるのだろうと理屈もつけられるが、当時は、不思議な視覚の現象がただひたすら面白くて、暇さえあればやっていた。

　あの頃、目玉は最高に面白い遊び道具だった。いつでもどこでも一人で遊べるし、面倒

なルールも勝ち負けもない。何より、その遊びをやっている間は、頭も体もどこか遠くに飛んでいっているような感じがして、怖いような楽しさがあった。

雪が降るとよくやったのは、ベランダから身を乗り出して、空を見上げるという遊びだった。他の建物や木が視界に入らないように、顔をまっすぐ真上に向けて、落ちてくる雪だけを見つめ続ける。すると、ふいに足元がふわりと浮かび上がる感じがして、体が空に向かって昇りはじめる。ベランダは私を乗せたまま、宇宙船のようにどんどんどん上昇を続ける。ああどうしよう、こんなに高くまで昇ってしまった、きっともう東京タワーぐらいだ、落ちたら確実に死ぬ。恐怖に耐えきれなくなって下を向くと、そこは相変わらず社宅のアパートの二階だ。

その同じベランダにしゃがんで、手すりの下に張ってある金網に目を凝らすこともあった。金網の菱形模様と、その向こうの景色を同時に見つめていると、ひょいと遠近感が逆転する瞬間が訪れる。菱形の向こうにあるはずの景色が目のすぐ前に迫って、逆に金網は遠くに後退して、それを見ている自分がどこにいるのか一瞬わからなくなるような、混乱した感じが面白い。

だが、目玉遊びはあまり周囲の理解を得られなかった。家でも学校でも「ぼんやりしている」としょっちゅう注意されたし、通信簿にはいつも〝休み時間に誰とも遊ばず一人で

いることが多いようです〟とか〝もっと積極的にお友だちと遊ぶようにしましょう〟などと書かれた。自分としてはこんなにも激しく遊んで、時には気絶しそうなほどの興奮を味わっているというのに、傍目には一人でぼんやりしているようにしか見えないのかと思うと、釈然としなかった。

もっと積極的にお友だちと遊ぶようにしましょう。その言葉を頭のなかでくりかえしながら校庭の隅を眺めていたら、サッカーゴールのふもとにタンポポが咲いていた。しゃがんで顔を近づけると、花びらの中に花びらがあって、どっちを向いても黄色の花びら世界が無限に続いていて、私はどんどんその奥へ奥へ入っていって、もしかしたらこれをずっと行った先に〝友だち〟は待っているのかもしれなくて、でもその瞬間、ピッと鋭く笛が鳴って、

「そこ、何してる！」

はっと我に返ると、私は体操着を着ていた。クラスの他の子たちは隊列を組んで、もうずっと先のほうまで走っていってしまっている。体育の先生が遠くから怖い顔でこちらを見ている。

私はあわてて立ち上がった。

一度きりの文通

 高校の頃、昼休みになると学校にパン屋さんが来た。新館と旧館を結ぶ渡り廊下に台を出して、木箱にいろいろなパンを並べて売っていた。各クラスには、日直や掃除当番と並んで、「パン当番」というものがあって、みんなの注文をとりまとめ、集金をしてパン屋さんに持っていき、昼休みにパンを受け取ってくるという重大な使命をおびていた。パンを頼むには、白い専用の紙袋に自分の希望のパンと合計金額、クラスと名前を書いて、二時限目の終わりまでにパン当番に渡す。すると昼休みに希望のパンが入った袋が戻ってくる。そのパン袋を介して、いつの頃からか文通が始まったのだ、パン屋さんと私たちの間で。
 きっかけは、誰かが袋にふざけて書いた〝湯沢スキー隊長〟というペンネームだった。戻ってきた袋には流麗な赤字で〈湯沢スキー隊長殿　合計金額、惜しくも10円違っています〉と書いてあり、そこにそこはかとない茶目っ気を感じとった私たちは、袋に注文以外のことをいろいろとしたためるようになった。

雪の日に誰かが〈そこは寒くないですか?〉と書いたら、〈ストーブで何とかしのいでおります〉と書かれて戻ってきた。注文に、パンの名前を書くかわりに絵を描けば、〈メロンパンかカレーパンか迷いましたが、筋がついているのでメロンパンと判断しました〉と返ってきた。〈朝から鼻血が止まらなくて困っています。どうしたらいいでしょう〉と悩みを打ち明けた人は、〈首の後ろを冷やすといいそうです〉と親身のアドバイスをもらった。〈どうしてパン屋さんになろうと思ったんですか? あと趣味は何ですか?〉には〈パンを愛しているからです〉とあった。中間試験や期末試験の時期になると、試験に出た数学や地理の問題を書く人が必ず一人や二人は出たが、それらが見事に解かれて戻ってくると、「おお」と尊敬のどよめきが上がった。

パン屋さんは二人いて、どちらが「赤字の人」なのかはわからなかった。内容からすると痩せた若い人のようでもあったが、字の感じは丸顔のおじさんらしくもあった。だが、誰もあえて確かめようとはしなかった。おそらく、直接言葉を交わすのは文通の流儀に反するという、暗黙の了解があったのだろう。

それに、このささやかな文通には、どこか『足ながおじさん』的な気分もあった気がする。私たちをはぐくむ素敵なパンを届けてくれる年上の男性との、あるかなきかの心の交流。中高一貫の女子校で、父親と先生を別にすれば生身の異性と接することは皆無に近か

ったから、ちょっとじゃれてみたいような甘えた気分も、全くなかったとは言えまい。
だが、どんなことにも終わりはある。袋ごしの文通は、いつしか沙汰やみとなった。夏休みをはさんだからなのか、来る人が代わってしまったのか、それとも私たちが卒業してしまったからなのか。そこのところの記憶はあいまいだ。

今にして思うと、ただでさえ忙しいパン業務の合間に、因数分解を解いたり、地図に湾の名前を書き込んだり、人生相談にのったり、なぞなぞに答えたりするのは、さぞや大変だったと思う。それでパン屋さんが嫌気がさしてしまったのだろうか。それとも、生徒たちと業者の間に芽生えたひそやかな交情が学校当局の知るところとなり、それとなく圧力がかかったのだろうか。二十年以上たった今も、気になっている。

という話を何人かの元同級生にしたら、「え、パン当番なんてあったっけ？」とか「パン屋さんは来てたけど一人だったよ、だいたい渡り廊下じゃなくて講堂のホールだったし」などと言われた。私は、湯沢スキー隊長は、こんなにもはっきり覚えているというのに、白い袋も、赤い達筆の文字も、雪の日の渡り廊下も。

戦記

××××年 六月某日 一九二二
外廊下を巡回中、敵（中）一体と遭遇、我が軍武器不携行に付、交戦には至らず。今年最初の敵出現であり、今後襲撃が激化することが予想される為、大至急火器の補充及び地雷の敷設を徹底する旨、中央より指令が下る。

七月某日 二二三七
以前より敵の秘密基地との情報のあったゴミ集積所にて、大小合わせ十余体の敵と遭遇、完全に包囲さるるも、かねて装備のジェット噴射砲にて果敢に応戦、我が軍の一方的勝利に終わる。有毒ガスの瘴気あたりに立ち込め、敵の残骸点々と散らばるさま、さながら地獄絵図の如し。

八月某日 〇八一二

基地内洗面所上方壁面に敵(小)一体出現、高射砲にて攻撃するも無念の弾切れ、目標喪失。ついに本丸への侵入を許した衝撃計り知れず、人心大いに乱れる。

八月某日　〇五四八

台所水切カゴ付近にて敵四体(大一中二小一)発見、熾烈なる銃撃戦の末、敵を殲滅す。ここ数日来、敵襲は益々猛烈を極め、度重なる人的被害に中央では俄に反戦論が高まり、駐留継続の是非、撤退及び新たなる駐屯地の模索の可能性等を巡り、議会は大いに紛糾する。

八月某日　二三一五

×××× 年　七月某日　二一五六

H駐屯地より無念の撤退を余儀なくされてより十月余、新天地K駐屯地はまことに平穏で、軍内部にも安逸の空気が漂いはじめていた矢先、基地内階段付近にて敵(小)一体を発見、白兵戦の末、此れを制圧。このところやや平和惚けの感のあった我が軍であるが、新たなる宣戦布告に兵の士気一挙に高まる。

slipper 294-super X

鉢の陰より、恐れていた最凶最悪の敵「多足ム型」(中)一体が出現、ジェット噴射砲迫撃砲催涙弾投石機、凡そありとあらゆる武器を投入しての総力戦の末、敵を完全に沈黙せしむ。黒光りのキチン質の鎧といい裏返った機体腹面のおどろおどろしき橙色といい、まさに地獄よりの使者と呼ぶに相応しく、其のおぞましさに発狂者続出、残骸処理する能わず。

十月某日 一五〇八
押入れ上部棚より什器を取ろうとした拍子に、敵(大)一体が突如上から降ってくる。これをテロと呼ばずして何と呼ぶ。手近の火器にて応戦、電光石火の勢で敵を殲滅す。直接の被弾こそなかったものの、我が軍の精神的被害激甚、以後数日間戦闘不能状態に陥る。PTSD発症者多数。

××××年 十月某日
今から丁度一年前のあの惨劇を教訓に、新型強力地雷を導入して以来、敵襲は嘘のように止んでいる。着弾地点に赴きて献花の代わりに地雷を置き、勝利への誓いを新たにす。敵も味方も無駄に命を散らすことのない平和な世界、誰も好んで戦争をする者などいない。

それが我々の心からの願いである。

××××年 七月某日 一〇四八
玄関土間部に敵（幼）一体出現。殱滅。

リスボンの路面電車

スペインから陸路でポルトガルに入ると、急に空気のトーンが変わるのがわかる。街も人も日差しも明るく乾いて色鮮やかなスペインに比べ、ポルトガルでは何もかもがこころもちくすんで、憂鬱で、湿り気をおびている。その湿度と暗さはどことなく日本と似ていて、だから不思議に居心地がいい。人はみな哀しい目をして優しく、私たちが道に迷って道行く人にたずねると、親切に立ち止まって一緒に地図を見てくれて、「あそこの角を曲がって」などと指さしてくれる、その指先に包帯が巻かれて血がにじんでいる。あるいは方向を指し示すのが指ではなく松葉杖の先だったりする。

なぜあんなにも怪我をした人が多かったのだろう。そういえばリスボンには路面電車があり、裏町の細い路地を通る時などは建物をすれすれにかすめていて、そのわずかな隙間を人が体を横にして歩いているのが見ていて危なっかしくて仕方がなかったが、そのせいだろうか。あんな危険なものを放置していることと、人々の諦めたような優しさとの間には、何か関係があるのだろうか。

などと考えていたら、ある日とつぜん都が穴を設置すると発表した。何のためなのか、どういう穴なのか、何の説明もないまま、新宿丸井ヤング館の前の道路に、一夜のうちに直径三十メートルほどの大きな穴が出現した。何しろいきなりだったので、多くの人や車が知らずに穴に落ちた。

もちろん大騒ぎになった。非常識だ、危険きわまりない、都は責任を取れ、などと人々は怒り狂ったが、穴の周囲に柵はおろか、注意を促す看板一つ作られなかった。

だがそのうちに、穴はちょっとした名所になった。「穴、行った？」が合言葉になり、日本中から穴を見に大勢の人が押し寄せた（そしてまた押されて穴に落ちる人が続出した）。

私も見に行ってみた。比較的空いている平日の午前中を狙って行ったが、それでも三十分並んだ。縁から下をのぞくと、穴の中は真っ暗で、底が見えなかった。ゴウゴウと地鳴りのような音がかすかに聞こえ、生あたたかい風が顔を撫でた。

穴の底がどうなっているのかは誰にもわからなかった。地底深くマグマにまで達しているのだという人もいれば、底に人知れぬ巨大な獣がうずくまっているのだという人、四次元に通じているに違いないという人、穴を抜けた先には見たこともない理想郷があるのだと唱える人もいた。一つだけ確かなのは、そこに落ちた人は二度と戻ってこないということ

穴は何年経ってもそこにあり、私たちはいつしかそのことに慣れた。穴は危険で恐ろしかったが、同時に心休まる存在でもあった。悲しいとき嬉しいとき、私たちは穴の前に来て佇んだ。何事も穴に事寄せて考える習慣が身についた。「穴の前でプロポーズしたり、死んだ人を穴葬にしたりするのが流行った。「穴に落ちた気で頑張れば」とか「穴に誓って」などという慣用句が普通になった。穴はすっかり私たちの生活の一部になった。

ある日、都が穴を撤去すると発表した。始まりと同じように突然だった。私たちは動揺した。もはや穴なしの生活など考えられなかった。穴がなくなると思うと、それこそ胸の中にぽっかり穴があいたような気がして、いても立ってもいられなかった。

私は急いで穴に向かった。みんなも気持ちは同じらしく、あちこちから続々と穴に向かって人が押し寄せた。でももう遅かった。穴は跡形もなくかき消えていた。みんな茫然と立ち尽くし、穴のあった場所をいつまでも見つめていた。

Don't Dream

 私はいま、目の前にあるこの英語の文章の意味について、一心に考えなければならない。
 だがそう思うそばから、ついついコアラの鼻について考えてしまうのである。
 あの鼻。材質は何でできているのだろう。何となく、昔の椅子の脚の先にかぶせてあった黒いゴムのカバーに似ている気がする。
 触ったらどんな感じだろう。カサカサしてほんのり温かいだろうか。それとも案外ひんやり湿っているだろうか。湿っていたら、足で踏むとじんわりと水分が滲みだすだろうか。
 その水分は何。コアラ汁。
 しかしそんなことを考えている場合ではなく、この込み入った長い一文の構造を根気よく解きほぐしていかなければならないのだった。
 と思うのだがついまたコアラの鼻に思いを馳せてしまう自分がいる。古い新幹線そっくりだ。もしかしたら新幹線の鼻みたいに、コアラの鼻も蝶番でパカッと開くのだろうか。開けて中に何を入れる。冬眠用の
 そもそもなぜあんな形なのだろう。

木の実とかを入れておけたら便利そうだ。いや待てしかしコアラは冬眠はしないのではなかったか。もっと暖かいところに住んでいたはずだ。それに木の実も食べない。たしかユーカリしか食べないのだ。ユーカリの葉は硬くて厚くてテレピン油めいた匂いがする。あんな不味そうなものが主食とは、さすが変な動物。私は頼まれたってごめんだ。

問題はこのthatだ。これがどの名詞にかかるかで文章の意味がまるで変わってしまう。そしてこの文章の意味が変わると、段落全体の意味も変わってきてしまう。だから集中して気合を入れて考えなければならない。

蝶番で開くのではなく、部品のようにポッコリはずせるのかもしれない。見るからに「はめ込みました」という感じではないか。あの鼻を手でつかんで引っぱってポッコリ取り外せたら。その素敵な手応え。

外した鼻を手のひらに載せてみる。しっとりと持ち重りがする。軽く握るだけで癒しの効果があります。また文鎮にも最適。チェーンをつけてキーホルダーにするもよし。パソコンのマウスにするには、やや小さいだろうか。

外した鼻を壁に飾ってオブジェ風。道に等間隔に置いて道しるべに。バスの「降ります」のボタンに横向きにくっつける。書店の本の上にそっと置いて立ち去る。鏡餅のいち

ばん上に置いてみる。大きめの白いボールの表面にびっしり貼りつける。ビン詰めにして焼酎に漬け込む。

それに、that節の中のa。これがaであってtheでないことの意味をよくよく考えないと、that節全体の意味が変わり、文章全体の意味が変わり、ひいては段落全体の意味が変わってしまう。だから。

ポコッと取れるのではなしに、案外しっかり根を張っているかもしれない。その場合はボンナイフですーっと切る。切ったものを黒トリュフのように薄切りにしてパンにはさむ。あるいはサイの目に切ってあんみつに入れる。やや厚めに切って味噌汁の具にする。いや味噌汁には合わない、たぶん。きっとユーカリみたいな味だ。あるいはゴム。

aであってtheでないことの意味。

このthat節はどこに。

鼻を取られたコアラが腹の袋をごそごそまさぐり、新しい鼻を出してポコッとはめている。

that.... 🥚 .... that.... 🥚 .... that....🥚

Watch Your Step

　私の通った幼稚園には、幅二十センチほどの帯状の地獄があった。それは「お弁当室」と呼ばれる部屋の戸口の床の、なぜかそこだけタイルの色が変わっている部分のことで、そこを踏むと地獄に落ちると言われていた。どんな風に落ちるのかは誰にもわからなかったが、踏んだ瞬間に地面がガバッと裂けて、体ごと底なしの穴に吸い込まれてしまうのではないかというのが、園児たちのあいだでのもっぱらの定説だった。お弁当室には、毎日午に各自お弁当を取りに行かなければならなかったので、そのたびにみんな決死の覚悟で「地獄」を飛び越えた。
　恐ろしかった。ことに頭と体がうまく連動しておらず、やっちゃだめだと思うと緊張してよけいにそのことをやってしまう私のようなタイプは、いちばん危険だった。いちど同じ組の子に突き飛ばされて、あと数ミリというところで踏みとどまった時には、たしかに地獄から吹き上げてくる冷たい風に、顔をさあっとなでられた気がした。いま思い出しても、よくぶじに卒園できたものだと思う。

だが小学校に上がってからも、地獄は形を変え、いたるところに口をあけて私たちを待ち構えていた。

たとえば、横断歩道の白黒の「黒」の部分。マンホールのふた。（「上水道」と書かれてあるものは大丈夫だったが、「下水道」は踏んではならなかった。歩道を歩くときは、四角いブロック学校の下駄箱の前の、すのこの敷かれていない部分。歩道を歩くときは、四角いブロックのひびの入っているものや汚れているもの、ゴミが落ちているものは踏んではならないため、きれいなブロックを選んで歩くのが大変で、わざわざ遠回りして歩道のない道を通ったりした。

だが、地獄は平面だけとは限らなかった。通りを走っている車のタイヤのアルミホイルの中心、そこから目には見えない車軸が長く伸びていて、それを正確に飛び越えなければ、脚を斬られてしまうのだ。私たちは遠くからこちらに向かってくる車をドキドキしながら待ち構え、すれちがいざまに見えない車軸を前輪・後輪と飛び越えた。車が何台も続くとたてつづけに跳ばねばならず、忙しかった。

だがそのうちに、片方の車線だけじゃ足りないんじゃないかと誰かが言いだした。反対側の車線を走っている車の車輪も飛び越えなければだめなんじゃないか。私たちはますます忙しくなった。やがてもっと恐ろしいことに私たちは気がついてしまった。ここからは

見えない、うんと遠くの通りを走っている車は？　見えない車軸はもしかしたら無限に長くて、自分たちは知らないうちに、遠くの車軸に何度も脚を斬られていたんじゃないだろうか？　私たちは途方に暮れて、今この瞬間にも遠く北海道や中国やブラジルやギリシャを走る無数の車に斬られつづけているかもしれない脚を、そっとさすった。

このあいだ通りを歩いていたら、歩道の先を歩いていた小学生数人が、私たちがやっていたのとそっくり同じように、見えない車軸を飛び越えているのを見た。驚いた。見えない車軸は生きていたのだ。彼らが飛び越えた車が、私のほうに近づいてきた。飛び越えようかどうしようか。飛び越えなければだめだと子供の私が叫ぶ。でも大の大人としての自意識がそれに待ったをかける。

一瞬の迷いが私のスタートを遅らせ、あっと思った瞬間、脚を斬られてしまった。

黄色い丸の中

仕事中、パソコンの画面を見るのに疲れて横を向くと、小学館の「学習図鑑シリーズ」の一揃いが目に入る。

奥付を見ると〝昭和四十年〟となっている。最初十冊ぐらいあったのが、人にあげたりして《岩石と鉱物》はんのお古をもらった。小学生のとき、社宅で仲良しだったお姉さいまだにあげたことを後悔している》、残っているのは『植物の図鑑』『鳥類の図鑑』『動物の図鑑』『昆虫の図鑑』『魚貝の図鑑』の五冊だ。

子供の頃から繰り返し見ているので、自分の中で有名になっている絵やページがいろいろとある。たとえば『昆虫』の「ムカデ・ヤスデのなかま」というページにコラム風に載っている〈汽車をとめたヤスデ〉。蒸気機関車が停まっていて、レールやあたりの地面に灰色のヤスデがびっしり盛り上がっている絵が描いてあり、〝からだから油がでて、その油でレールがすべって、汽車がはしれなくなります〟という説明がついている。そのページは他にも恐ろしげな多足類がたくさん載っていて、指先でつまむようにしないとページ

がめくれないのに、どうしても見ずにいられない。後ろのほうの解説ページ「こん虫の形と生活」の中の〈食べ物でちがう顔の形〉も定番だ。カマキリ、タガメ、キツネは前から見ると顔が逆三角形で、バッタとウマは長方形をしている。"草を食べる動物の顔は、四角です。うすのように、歯ですりあわせて食べるからです"。

『動物』の中で贔屓にしているのは「ひつじ」の項目の「かんよう」という中国の羊で、お尻の下に自分の頭ほどの脂肪の袋をぶら下げていて、いつかこれの実物を見るのが夢だ。解説ページの「子のそだてかた」も好きな一品で、背中にびっしり開いた穴から子供が顔をのぞかせている「ピパ（こもりがえる）」や、うどんのような子ヘビを体にまといつかせているマムシ（"たまごでなくこどもをうみます。しかしこどもの教育はしません"）など、どれも忘れがたい。

だが何といっても愛すべきは『魚貝』だ。目が潜望鏡のように上を向いている「オピソプロクタス-ソレアタス」や、体のラインに沿って生クリームをデコレーションしたような「チョウザメ」、ものすごく小さくどうでもよく描かれた「イザリウオ」（"動作がにぶく、ちょっと魚とは思えないときがある"）などは、何度も見すぎて、もはや自分の一部のようになっている。

一つひとつの魚につけられた説明文は、"ホシガレイ〔カレイ科〕40㎝。おいしい""カイワリ〔アジ科〕40㎝。かなりおいしい"など、とにかく食べておいしいかどうかに重きが置かれている。"シロアマダイ〔アマダイ科〕60㎝。みそづけがたいへんおいしい""サワラ〔サバ科〕1m。肉が白く、上品でおいしい"などは書いた人の個人的な思い入れが感じられるし、逆に"コオリカジカ〔カジカ科〕18㎝。まずい"などは吐き捨てるような調子がたまらないし、小魚やタコをよくおそう。まずい"などは吐き捨てるような調子がたまらないし、ミシマオコゼの"おいしくはないが食用にされる"やフサアンコウの"はらがぶよぶよして水っぽく、利用法がない"には想像力がかき立てられる。

そうやって一通りながめた後は、本をひっくりかえして、裏表紙の小学館のマークを見つめるのが決まりだ。黄色い丸の中に、赤いシルエットで男の子と女の子がテーブルに向かい合わせで学習している。二人の足の間にある謎の物体、これはテーブルの脚ということで議論に決着がついたようだが、私には、宇宙から来た邪悪な生物が息をひそめてうくまっているように見える。二人のほうでもそれに気がついていて、だが声を出すこともできず、席を立つこともできず、三者は永遠に凍りついたままだ。

oishii   mazui

vs. 目玉焼き　作法

〔用意するもの〕目玉焼き（黄身の部分がちょうどいい具合に半熟になっており、表面に肌色の膜がかかっているもの）、フォーク、先の細い醬油差しに入った醬油

一、黄身の肌色の膜をフォークの先でつんつんとつついて、しばしその揺れ具合を楽しむ。

二、黄身の中央におもむろにフォークを突き刺し、膜をカギ裂き形に破り、さしわたし七ミリほどの穴を開ける。

三、醬油差しを慎重に傾け、醬油をきっかり三滴、「二」の穴に投下する。

四、黄身に落とされた醬油が重みで底に沈み込み、そのあとに黄身が周囲から押し寄せてきて傷口が完全にふさがるさまを、じっくり鑑賞する。

五、黄身が円の外にこぼれないよう細心の注意を払いつつ、フォークの先で黄身と醬油をよく混ぜ合わせる。

O   X

vs. アイスクリーム

〔用意するもの〕紙カップ入りの安いバニラアイスクリーム、アイスクリームについてくる木のへら

一、ふたを取り、裏についているアイスを舐めたいのをがまんし、木のへらでまんべんなくこそげ落として食べる。

二、少し考えて、やっぱり舐める。

三、アイスとカップの内側の境目に木べらを垂直に差し込み、そのままぐるっと一周させて、少し溶けかかったアイスを削りとる。収穫したアイスを味わいつつ食べる。これを繰り返す。

四、アイスがしだいに細くなって円筒形になったら、縦に半分に割って食べ、残った半分をさらに半分に割って食べ、これを繰り返す。

六、黄身をフォークですくい、刃の隙間からポタポタと垂れそうになるそれを素早く口に運ぶ。黄身が完全になくなるまで何度も繰り返す。

七、白身を残す。誰かに注意されたら「だって味がないんだもん」と答える。

五、いよいよ分割できないくらい細くなったら、円筒を横倒しにして半分に割って食べ、残りをさらに半分に割って食べ、とうとう米粒ほどになった最後の一かけらを、いつくしむように口に入れる。

六、空になった容器の底をいつまでも見つめる。

vs. バンドエイド

〔用意するもの〕人さし指の第一関節と第二関節の間の切り傷、それに巻いたバンドエイド

一、バンドエイドは濡れても絶対に取り替えず、一週間ほどそのままにしておく。

二、人さし指を、「スリ」の形に曲げ、ゆっくりと鼻の下にあてがい、思うさま匂いをかぐ。これを無意識のうちに日に数十回繰り返す。

三、入浴時に、バンドエイドが指輪をはずすようにスポッとはずれたら、指のその部分が白くふやけて水玉模様になっているさまを心ゆくまで鑑賞する。

四、はずれたバンドエイドを浴槽の縁に置き忘れる。

心の準備

たとえば、コンビニでウーロン茶のペットボトルを買ったときにもらうレシート。それを私は捨てずにとっておく。

もしかしたら翌日の朝、私の変死体が家から遠く離れた場所で発見されるかもしれない。目撃者も遺留品もない。そんなとき、死体の服のポケットに入っていた一枚のレシートが被害者の最後の足取りを特定する重要な手掛かりとなり、事件が解決に導かれるかもしれない。

夜中に、エンジンをアイドリングさせた不審な車が一台、道路脇に停まっている。私はそのナンバーを覚えておく。一部だけでも覚えておく。もしかしたら中に乗っている人物がこれから何らかの凶悪な犯罪をおかそうとしているところで、私が覚えていた下二けたのナンバーと車の色が重大な手掛かりとなって、犯人の検挙につながるかもしれない。

ときどき道ですれちがう近所の人。これといって変わったところはない。会えば軽く会釈してくれるし、目立たない、おとなしそうな感じの人だ。私はその人のことをひそかに

セブン-セブン
世田谷下北沢西口店

レジ#2

2004年06月06日(日) 03:00　責001

KISHIMOTO　　　　　　　¥126込
KISHIMOTO　　　　　　　¥409込
KISHIMOTO　　　　　　　¥105込
　　　　　　　　　　　　¥315込
KISHIMOTO　　500ML
　@126× 2　　　　　　　¥252込
KISHIMOTO　　　　　　　¥199込

合　計　　¥1,406
お預り　　¥5,406
お　釣　　¥4,000

お買上明細は上記のとおりです。
商品価格には消費税等を含みます。

観察しておく。その人がいずれ世間の耳目を驚かすような残忍で異常なことをしでかしたときに備えて、頭のなかでコメントを練りあげておく。他のご近所さんたちが「ごくふつうの真面目そうな人でした」とか「とてもあんなことをするような人には見えませんでした」などとコメントするなかにあって、その人が〝ふつうの人〟の仮面の下に育んでいた心の闇を鮮やかに切り取ってみせるような小さなエピソードを含む、印象ぶかいコメントを。

久しぶりに誰かと会う。何かの拍子に話がこじれ、険悪なムードが漂う。もはや決裂は避けがたく、お互いに二度と会わないだろうということがはっきりしはじめる。そんなときは、別れぎわに無理やりにでも話題を変え、表向きは友好的な雰囲気をつくり出すように心を砕く。もしかしてその人が、三日後とか、一週間後とか、一か月後とかに急に死んだりした場合、私は後ろめたい気分をずっと抱えたまま生きていかねばならなくなるかもしれない。わるくしてそれが自殺だったりしたら、自分が殺したような気さえするかもしれない。そうなるのが恐ろしいから、用心して手を打っておく。

よくテレビなどで、道行く人をいきなりつかまえて、知っていなければ恥ずかしい常識問題を答えさせる。運わるくそういうのにつかまってしまったときに恥をさらさないように、予習もしておく。国家予算が八百億でも八千億でもなく八十兆円であること。香港が

地図の上でどこにあるか。衆議院議員の任期。草彅剛の「彅」という字の書き方。そんなふうだから私の頭のなかには、いつのものかももう判然としない車のナンバーや、時刻や、何かの数字や、不完全な豆知識が、あっちこっちに脈絡なく転がっている。何かの折りにふと〝0時5分前、黒っぽいワゴン、下二桁が25〟とか〝イルクーツク〟とか〝およそ百万光年〟などという断片がよみがえるが、もうそれが何だったのかも思いだせず、忘れようにも、そういうディテールにかぎって強く頭に刻印されていて、消去は不可能だ。

しかも、そうやって怠りなく心の準備をしていても、本当に何かが起こるときには、きっと思いもかけない瞬間に、思いもかけないやり方で、それは起こるだろう。私はただ、意味をなくした数字や名前や豆知識を抱えたまま、なすすべもなくおろおろするだけだろう。私の種々の用心や準備は毛ほどの役にも立たないだろう。という心の準備だけは、すくなくともできている。

生きる

トイレットペーパーが残り少なくなったので、新しいのを買ってくる。シングル十二個入り無香料のスコッティ。

中身を袋から出し、予備のトイレットペーパーをしまってある戸棚に入れようとすると、棚の片隅に一個だけ残っていたトイレットペーパーが抗議の声を上げる。

「待ってください。まさかその新しいのを私の前や上に積むつもりじゃないでしょうね」

「そうだけど」

「困ります。私はその人たちよりも前からここにいたんだ。だからその人たちをまず奥から入れていって、私がいちばん手前に来るようにしてください」

「でも面倒だし。まあいつかは使ってあげるからさ」

「それはひどい。あんまりだ。順番的には次は私がホルダーに納まるはずじゃないですか。先住民として、私にはそれを要求する当然の権利がある」

「そんなこと知らない。入れるよ」

「待ってください。お願いします。私はいままでずっと、この暗い棚で一人ぼっちで出番の時を待ってきたんです。仲間が一人また一人と巣立っていくなか、ひたすら耐えてその時を待った。そしてやっと日の目を見られると思ったら、後から来た苦労しらずの連中にのうのうと先を越される。その無念さがあなたにわかるのか」
「ああもう、うるさいな。こっちは忙しいんだから。だいいち物のくせに何が権利だ。何が無念さだ」
 私はかまわず、そいつの上や前に、買ってきたトイレットペーパーをどんどん積みはじめる。戸棚の奥からは、「あんまりだ」「覚えていろ」「呪ってやる」などとわめき散らす声が聞こえるが、それもしだいにくぐもって、戸棚の扉を閉めるとすっかり聞こえなくなる。
 やれやれと思い、私は机に向かう。だがなんだか気持ちが落ち着かない。物の分際で生意気な。「呪ってやる」とは笑わせる。だいたいトイレットペーパーごときに呪いの力などあってたまるか。仮にあったとして、どんな呪いが可能だというのだ。トイレで並んでいると必ず横入りされるとか。でもって入ると必ず紙がないとか。それが一生続くとか。いやいやいやそんなことがあるはずがない。相手は物だ。心を持たぬ無機物だ。呪う力などあるはずがない。本当にそうだろうか。だったらなぜ人語を操る。トイレットペー

ーとはいえ、元は木だ。樹木には霊が宿るのではなかったか。もしかしてあれはマレーシアあたりの樹齢何千年とかの神木のなれの果てで、おそるべき呪詛の力を秘めているのだとしたら。

私はぶんぶんと頭を振る。いいかげんにしろ。ここはひとつ集中だ。私がこんな馬鹿げたことを考えている間にも地球は回り、技術は進歩し、誰かが株で億万長者になり、戦争が起こり、熱帯雨林は焼かれ、そう熱帯雨林が焼かれ、熱帯雨林が……。

私はがばと立ち上がり、早足で洗面所に向かい、戸棚からトイレットペーパーをすべて出すと、奥にあった一個がいちばん手前にくるよう並べなおす。だがそうされながら、いつは黙して何も語らない。すでにただの物に、戻ってしまっている。

棚の扉を閉めながら、私はえもいわれぬ疲労を感じる。ビールでも飲もうと冷蔵庫を開けると、卵置き場に卵が一個だけ残っているのが目に入る。私はそれと目が合わないに、そっと扉を閉じた。

uuuuuuuo

裏五輪

オリンピックが嫌いだ。
朝から晩までオリンピックオリンピックとそのことばかりになるから嫌いだ。参加することに意義があるとか言いながらメダルの数に固執するから嫌いだ。口では「ゲームを楽しみたいと思います」と言いつつ目が笑っていなくて嫌いだ。メダルを取らなかった選手と種目は最初から存在しなかったことになるのが嫌いだ。国別なのも嫌いだ。閉会式と開会式だけちょっと好きだ。あとはぜんぶ嫌いだ。
そもそもスポーツが嫌いだ。スポーツ選手イコールさわやか、純粋、フェアと誰が決めたのか。
スポーツというと思い出すのは、小学校の同級生だったヤマニシさんだ。体育の時間、ポートボールの試合をした。珍しく私のところにボールが回ってきて、敵に渡してなるものかと、しっかりボールを抱えてきょろきょろしていたら、ヤマニシさんがすたすたすたと歩み寄ってきて、普通の声で「ちょっとそのボール、見せてくれる?」と言った。ヤマ

ニシさんは体育委員だ。何かボールに問題があるような口ぶりだった。もちろん、まんまとひっかかった私が間抜けなのだ。それはわかっている。ヤマニシさんの作戦勝ち。ユーモラスでスマートなフェイント・プレー。私はスポーツが嫌いだ。そもそも、たいていのスポーツは、元をただせば単なる冗談だったにちがいない。ボールを投げ合うのに飽きて、たまたま手を使わないでやってみたのが面白くてバスケットボールの始まり、とか。互いの体の臭い部分を無理やり嗅がせあったのがのちのレスリング、とか。むろん勝手な想像だ。でも、きっとそうに違いないと思う。元をただせばおふざけだったものに、むきになって勝ったの負けたのと言っているから、私はスポーツが好ましいが、そういうスポーツにかぎってなぜかメジャーにはならず、テレビでもめったに中継されないのは、きっとスポーツの出自の馬鹿馬鹿しさを思い出させられて不都合だからに違いない。

もしも私の好きにしていいというのなら、今あるオリンピックの競技はすべて廃止にして、もっとスポーツの原点に立ち返るような、たとえば「唾シャボン玉飛ばし」とか「舌シンクロナイズド」とか「猫の早ノミとり」とか「水中にらめっこ」とか「目かくしフェンシング」とか「逆立ちマラソン」とか「男子二百メートルパン食い走」とか「女子一万

メートルしりとりリレー走」等々の新競技を設置する。メダルも金・銀・銅はやめにして、一位どんぐり、二位煮干し、三位セミの脱け殻とかにする。

どうだろう。これぐらいやれば、さすがにみんな馬鹿馬鹿しくなって、勝ち負けなんかにこだわらなくなるのではなかろうか。

いや違うだろう。やっぱりみんな「どんぐりの数で韓国に負けた」とか「日本がどんぐり、煮干し、脱け殻独占です」などと言っては、悔しがったりはしゃいだりするのだろう。そして大まじめで舌の筋肉を鍛えたり、空気のように軽いノミ取り用の櫛をヨネックスと共同で開発したり、にらめっこの強化合宿中に顔筋断裂で出場が絶望視されたり、唾の粘度を増す薬を飲んでドーピングにひっかかったりするのだろう。百年も経てば、それらがもともと馬鹿げたおふざけであったことさえ忘れられてしまうのだろう。

だから私はオリンピックが嫌いだ。

とりあえず普通に

「どうやったら翻訳家になれますか」という質問は、「どうやったらハイジャックに遭えますか」というのと同じくらい答えるのが難しい。これといって資格や試験があるわけではないし、周囲を見回しても「何となく」「ひょっこり」「うっかり」なってしまった人ばかりだからだ。それでも、就職を控えた学生さんに訊かれた場合は、とりあえず普通に就職することをお勧めしている。フリーランスやフリーターと違って、組織の一員になると、制約だらけで窮屈だ。でも、その制約の中で否応なしに出会わされる人や物事や状況は貴重な経験のデータベースとなって、いつかきっと翻訳の役に立つに違いないからだ。

たとえば、あなたは叱られて腰を抜かしたことがあるか。私はある。「恐怖の大王」として誰からも恐れられていたお局様だった。呼びつけられて机の斜め後ろに立つ。無視されること数分。やがてお局様が静かにバインダーを閉じ、こちらに向き直る。「だいたいあなたね」からあと、何を言われたかは覚えていない。ただ、その第一声でフロア全体がしんと水を打ったように静まりかえったこと、どこかで内線電話がトルルル、トルルルといつま

でも鳴っていたこと、他の人たちが仕事をするふりをしながらペンを持つ手が完全に止まっていたこと、お局様の湯呑みの柄がキキ&ララだったことなどを、今もありありと覚えている。実際は五分たらずの出来事だったが、体感時間は一時間だった。すーっ、すーっと摺り足で移動する私の姿は、さながら能役者のようだったと、後で語り草になった。

たとえばあなたは、人柄と服装センスが天国と地獄ほどにかけ離れた人物を知っているか。私は知っている。外国帰りの、サンタのように太ったX室長。ある日のネクタイは、大きな錦鯉が下から上に向かって勢いよく登っている柄だった。別の日は、目がチカチカするような茶色と黄とオレンジの細かい花柄のシャツに、おそろいの色と柄のネクタイだった。何かの立体画像が浮かび上がるらしいとデマが流れ、他のフロアからも人が見にきた。奇跡的にシャツもネクタイも普通だった日には、アライグマの毛皮の帽子をかぶっていた。でも、ああ、X室長は素晴らしい人格者だった。そのにこにこ顔は、私の記憶の中でいつもチカチカのシャツとセットになっていて、思い出すたびに軽い目眩を感じる。

ず、常ににこにこして頼りがいがあった。何が起ころうと決して怒らず慌てあるいはあなたは、会社の命令でフレンチ・カンカンを踊るためだけに大阪に行ったことがあるか。私はある。会社が広告の大きな賞を取った記念のパーティで、部の新人女子

十人ほどで何か演し物をやることになった。単なる余興と高をくくっていたら、プロの振付師を呼んでの半月におよぶ血の特訓(ちゃんと残業手当てがついた)、衣装もメイクもプロ仕様、本番は数百人の観客の前で舞台の上でスポットライトという超本気のイベントだった。しかもそれが好評を博してしまったために、急きょ本社のある大阪でもパーティをやることになった(ちゃんと出張手当てがついた)。ちなみに翌年も同じようなパーティが開かれたが、新人の数が足りなかったために私はまたしても駆り出され、ペンギンの着ぐるみを着て踊った。

これらはどれも、就職していなかったらおそらく一生経験できなかった類のことに違いなく、もしもこの先、翻訳している本の中に、フレンチ・カンカンの踊り子や、鯉の滝登りのネクタイをした人物や、立ったまま腰を抜かすシーンが出てきた時には、きっと私はまるで見てきたように活き活きと、それらを訳せるのに違いないのだ。

だから翻訳志望の若いみなさんには、ぜひいちど普通の会社に普通に就職することを、強くお勧めする次第だ。

ピクニックじゃない

ほぼ毎日、何らかの理由で悲しい気分だ。

たとえば「至急調べて折り返し電話します」と言われてから三日経つとか、自動改札機が二度つづけて閉まったとか、冷蔵庫の奥から賞味期限三週間過ぎの納豆が発見されたとか、気に入ってよく買っていたお茶が自販機から消えたとか、気に入ってよく買っていたヨーグルトがスーパーから消えたとか、そんなようなことだ。

そういう時は気分転換に映画でも観ればいいと言う人もいるが、悲しい気分の時に無理に明るい映画を観たり明るい音楽を聴いたりするとよけいに悲しくなるし、だからといって不幸な人がさらにどんどん不幸になったあげく野垂れ死ぬような映画を観れば、感化されて自分も死にたくなる。私の辞書に気分転換の文字はない。

悲しい気分のままじっとしていると、過去の、忘れていたようなどうでもいい出来事が、次から次へ胸の底からわき上がってくる。

たとえば、小学校二年の時。某ちゃんと歩いて学校から帰る途中、某ちゃんが「ガムい

る?」と訊いた。「いる」と私は答えた。すると某ちゃんはガムを一枚だけ取り出して、嚙みはじめた。いつまで経っても私にくれる気配がない。待っているうちに、とうとう家に着いてしまった。あのとき某ちゃんはなぜガムをくれなかったのだろう。「いる」を「いい」と聞き間違えたのだろうか。それとも何か新手の意地悪だったのだろうか。

これも小学生の頃。近所に焼き芋屋さんが来たので、お金をもらって買いにいった。おじさんはにこにこしながら「特別におまけしといたよ」と言って袋をくれた。ところが家に帰って母にお釣りを返したら、その焼き芋の値段はいつもより高かったことがわかった。袋の中には小石が一粒入っていた。「おまけ」とはあれのことだったのだろうか。

大学の時、自動車の教習所に通った。最初の教習で、助手席に座ってひとしきり指導教官の話を聞いたあと、「じゃ、場所替わって」と言われた。そのまま真ん中をまたいで運転席に移動したら、「こんな馬鹿は初めて見た」と真顔で言われた。何かの印をつけられた。

その他、腸炎ビブリオで一週間会社を休んで久しぶりに出社したら自分のあだ名が「ビブリオ」になっていたこととか、用があるからと言って別れたはずの友人の姿を書店で目撃してしまったこととか、お祭りでお店用のボウルを使って金魚をすくおうとしておじさんに怒鳴られたこと等々、どうでもいいけど忘れられないうら悲しい記憶がつぎつぎ蘇ってきて、部屋の中にネガティブな空気が充満する。そうなると、もうあの歌を歌うしかな

い。会社員時代、やってもやっても残業が終わらない時に、誰からともなく陰鬱に口ずさんだ歌だ。

　丘を越えない　行かない　口笛吹かない
　空は澄まない　青空じゃない　牧場をささない
　歌わない　ほがらじゃない
　ともに手をとらない　ランラララじゃない
　ララララあひるさん（いない）
　ララララヤぎさんも（いない）
　ラララ歌声あわせない　足並みそろえない
　きょうは愉快じゃない

　これを「ピクニック」のメロディに合わせて小声で歌う。歌ったところでどうなるわけじゃない。残業が終わるわけじゃない。悲しい気分が減るわけでもない。ただ、あたりに充満していたネガティブな空気に、ほんの少しだけ馬鹿馬鹿しさが加わって、口の端二ミリぐらいで笑ってもいいような気に、ちょっとだけなる。

床下せんべい

　小学校低学年の頃、週にいちどピアノを習いに行っていた。先生の家には『少年マガジン』がどっさり積んであって、順番を待つあいだに貪(むさぼ)るように読んだ。そうして読んだなかに、たしか『あしたのジョー』もあった。

「じょー」が「りきいし」に激しくパンチをくらう。「あっぱーかっと」という名前のパンチだ。するとじょーの口から、血にまみれた、白っぽい、ソラマメみたいな形をしたものが、ライトがぎらぎら光るスタジアムの天井めがけて一直線に飛び出す。じょーは倒れる。髪の長いきれいな女の人と目玉のおやじが「じょー！」と叫ぶ。

　私は長いこと、じょーの口から出てくる、そのソラマメ形の血にまみれた白いものを、腎臓だと思っていた。「じんぞう」がどこにあって何をするものかはよく知らなかったが、何か大事な内臓であることは知っていて、毎回そんなものを出してしまってじょーは大丈夫なんだろうか、と内心心配だった。

　私はまたある時期、走っている電車の床下には人が一列に並んでいて、一斉にせんべい

をかじっているのだと信じていた。ことに電車が鉄橋を渡ったり、ターミナル駅手前の線路が何本も並走して枝分かれしている箇所を走る時、床下の人たちは一層さかんにせんべいをかじり、そのボリボリ、バリバリという美味しそうな音に、思わず唾をわかせたりした。

 日本語を逆さから読むと英語になると信じていた時期もあった。私は目についた言葉を片端から逆さに読んで、英語の訓練にいそしんだ。

 どういうわけだか、その時期の母は、私の質問にすべて「うん」で答えていた。

「これってじんぞう?」と私が訊く。「うん」と母が答える。「下に人がいておせんべいを食べてる音?」と私が訊く。「うん」と母が答える。「今の英語、わかった?」と訊く。「うん」と答える。

 理由は謎だ。私があまりに愚にもつかない質問ばかりするので、疲れ果てていたのかもしれない。

 ある時期の私は、海は生き物であると信じていた。

 ある日、海について考えていて、ふと不審に思ったのだ。なぜ海には波があるのか。水をふつうに溜めておいてもあんなふうに動いたりはしない。コップ一杯の水だろうと大きなプール一杯の水だろうと海だろうと、そのことに変わりはないはずだ。ならば、あの波

は何なのか。行っては帰り、行っては帰り、まるで息みたいに休まない。待てよ。息。ひょっとして海って生きているんだろうか？ そういえば、海のあの丸っこい水平線は大きな動物の背中みたいに見えるし、だいいちちょっと生臭い。

「海って生き物？」

「うん」

しかも、この時はたまたま家に祖母が来ていて、祖母までが一緒になって「そりゃそうよ」と力強く請け合ったのだ。

後日、祖母は「海」を「ウニ」と聞きまちがえていたことが判明し、「海＝生き物」の事実誤認はごく短命に終わり、そうこうするうち私もだんだんその手の質問をしなくなり、それにしたがって母も私の質問にまともに答えてくれるようになった。

それでも、私がごく短い期間だけ体感していた、海が背中を丸めた一つの生き物で、ジョーの口からは試合のたびに腎臓が天井めがけて飛び出し、電車の床下に並んでせんべいをかじる人たちが潜んでいた、あの世界のほうが、ずっと住み心地がよかったという気もすこししている。

sea/siː/ *n* 1 [the ~] 海 (opp. *land*), 海洋, 大海, 大洋
2 〖動〗怪物, 化け物; 怪獣; 怪奇な形の動物

むしゃくしゃして

木の芽どきなので、いろいろなことが起こる。人は暴れる。車は暴走する。議会は荒れる。家は燃える。

前々から気になっていたのだが、なぜ報じられる放火の動機は判で押したように「むしゃくしゃして」なのであろうか。

放火だけではない。痴漢の動機は決まって「仕事でストレスが溜まって」だし、虐待は「しつけのため」だし、未成年のひったくりは「遊ぶ金ほしさ」だし、人を包丁で刺すのは「カッとなって」だ。

たまには遊ぶ金ほしさに放火したり、カッとなって痴漢したり、むしゃくしゃしてひったくりするようなことがあってもよさそうなものなのに、そういう話は一向に聞かない。

刑事「なぜ火をつけたのだ」
犯人「はい、むしゃくしゃしていたからです」

などというやりとりが実際にあったとはとても思えない。おおかた、

　刑事「なぜ火をつけたのだ」
　犯人「いや、なんかこう、就職にも失敗したし、彼女にもふられちゃったし、何にもいいことがなくて、火でもつけたらすっきりするかな、みたいな……」
　刑事「つまり、むしゃくしゃしていたわけだな?」
　犯人「あ、はあ、まあそれでもいいっす」
　──刑事、"むしゃくしゃしてやった"と記入。

といったところであろう。あるいは、

　刑事「なぜ火をつけたのだ」
　犯人「モヤモヤしていたからです」
　刑事「つまり、むしゃくしゃしていたわけだな?」
　犯人「いや、"むしゃくしゃ"はちょっと違うな。自分的には"モヤモヤ"が一番ぴっ

――刑事、"むしゃくしゃしてやった"と記入。

犯人(それを覗き込んで)「ちょっと待ってください。"むしゃくしゃ"じゃ私のあの時の微妙な心理は表現しきれません。"モヤモヤ"に訂正してください」

刑事「大して変わらないだろう」

犯人「いや、全然ちがいます。私は私の心に忠実でありたい。あなたは私の表現の自由を奪うのか」

――刑事、"むしゃくしゃしてやった"を二本線で消し、"訳のわからないことを供述"と記入。

そういえば、ニュースなどで「犯人は訳のわからないことを話しており」というのを聞くと、その"訳のわからないこと"がどんな内容なのか、むしょうに知りたくなる。仮に自分が何かで逮捕されたとして、「訳のわからないことを供述」と認定されるためにはどんなことを言えばいいか、頭の中で練習してみることもある――「この星はすでに半分カニ座星人に乗っ取られているのです。私は地球を守るために馬頭星雲より遣わされた戦士アマテラス2号です。カニ座星人を見分ける印は歩き方で、爪先から先に着地する者はこ

の聖剣エクスカニバルで一突きすれば、たちまち傷口よりカニ汁噴き出し……」だめだ。作ったものは、どうしたって〝訳がわかって〟しまう。
　〝訳のわからないこと〟として片づけられてしまった無数の名もない供述、それを集めた本があったら読んでみたいと思うのはいけない欲望だろうか。そこには純度百パーセントの、それゆえに底無しにヤバい、本物の文学があるような気がする。

ゴンズイ玉

もしも誰かに、あなたを動物にたとえるなら何ですか、と訊かれたなら、

「ゴンズイ」

と答える用意がある。さらに補足として「ゴンズイ玉の、中のほうにいるやつ」と説明する用意もある。

ゴンズイはドジョウに似た小さな魚で、海の浅い場所に住む。茶に黄色の縞模様で、ヒレに毒があり、刺されると痛い。敵から身を守るために何十匹とかたまって泳ぎ、それが玉のように見えるので「ゴンズイ玉」という。

ゴンズイ玉はテレビで一度だけ見た。本当にまん丸な玉の形をしていて、全体が一つの生き物のように、海の中をあっちへふらふら、こっちへふらふらしている。玉がどの方向に動くかは、いちばん外側にいる魚が決めているように見える。外側の一匹が何かに興味をそそられてツッと前に進むと、他のみんなもあわててその方向に進む。別のやつが気まぐれに向きを変えると、他のみんなも一斉に同じ方を向く。

きっと外側にポジショニングしているゴンズイは、仲間うちでも新進気鋭で積極的なことで知られているのだろう。そういうパイオニアがいるいっぽうで、中の方で、何もわからず、何も見えず、大して前にも後ろにも進まず、ただ右を向いたり左を向いたりして一生を終わるようなのもいる。それが私だ。

何年か前、家の床に長い長い一本の黒紐が落ちていたことがある。何だろうと思って顔を近づけて見たら、紐ではなくアリの行列だ。

私はまず、掃除機でアリを吸った。紐の端から一気に攻めていくと、アリの列は乱れ、散り、逃げていくのも追いかけていって吸い、そうするうちにやがて一匹もいなくなる。ところがしばらくして見ると、また黒紐は復活している。うぬれ。また吸う。いなくなる。また復活。

そこで今度は心理作戦に訴えた。何匹かのアリを捕まえてつぶし、そのむごたらしい死骸を通り道に置いておく。人間ならば失神するような光景だ。ところが彼らは平然とその横を通りすぎ、仲間の死を一顧だにしない。血も涙もない生物だ。

その他、ガムテープ作戦、殺虫剤作戦、踏みつぶし作戦等々、ありとあらゆる手法のホロコーストを試みたが、アリの列は粛々として一向に途切れる気配がない。やむなく、〈アリの巣一網打尽〉とか、何かそういう名前の薬剤を買ってきた。透明プラスチックの

kishimoto

容器の中に誘因剤と毒入りのエサが入っていて、エサを持ち帰らせて巣ごと撲滅するという方式のものだ。

さっそくそれをアリの通路に設置し、しばらくして見に行くと、いるいる、たくさんのアリが容器の中に入って、誘因剤や毒のまわりをうろうろしている。上から観察していると、アリにもいろいろなタイプがいることがわかってくる。迷わず入口から中に入るのがいるかと思えば、用心深いのか頭が悪いのか、容器のまわりをいつまでもうろうろしているのがいる。中に入っても何も取らずに出てくるのもいれば、めざとくエサを見つけて、てきぱき運び出しにかかるのもいる。

中に何匹か、ゼリー状の誘因剤にしがみついて、陶然となって（と傍からは見える）いつまでもチュウチュウ汁を吸っているのがいる。私はハッとなった。さっきから気がつけば、日に十回も二十回もここにやって来ては、しゃがみ込んでいつまでも飽かず透明プラスチックの中を覗き込んでいる。私とあのチュウチュウはまるで相似形だ。

だから、もしも誰かに、あなたを動物にたとえるなら何ですか、と訊かれたなら、「ゴンズイ玉の中のほうのやつ」と答える以外に「毒入りエサを運ぼうともせずいつまでも誘因ゼリーをチュウチュウ吸っているアリ」と答える用意すらできているのだが、誰もそんなこと訊いてくれない。

べぼや橋を渡って

　何かをしているとき、あるいは何もしていないとき、気がつくと頭の中でどこか別の場所を歩いていることがある。

　たとえば翻訳をしていて、ああでもないこうでもないと文章をひねくりまわしているとき、私の頭の一部分は、いつのまにか新宿の駅構内を歩いている。

　歩くのは決まって西口の、ロータリーに面した地下コンコースだ。小田急線の改札を背にして、タイル貼りの床をゆっくりと丸の内線改札方向に進んでいく。たくさんの柱と人混みの間を縫うようにすり抜けていくと、やがて大きな目玉の壁画が見えてくる。そのすぐそばの柱の陰には必ず大きな旅のお坊さんが一人立っていて、黒い碗を片手に捧げてお経を唱えている。その碗の中に十円玉を入れようとするのだが、あと少しというところで、いつも意識が引き戻される。

　夜、眠れなくて目を閉じているときには、たいてい小学生の頃に住んでいた世田谷の家の近くを歩いている。

社宅の門を出て右に行くと学校のほう、左に行くと駅のほう。寝床の中で行くのは、きまって駅のほうだ。

門を出て左に少し行くと、すぐ川に突き当たる。コンクリートで固められた広いドブ川で、それに沿って右に行くと小さな橋がかかっている。欄干にはめこまれた鉄のプレートには「べぼや橋」と書いてあって、でも「べぼや」がどういう意味なのか、誰に聞いてもわからない。

橋を渡って細い曲がりくねった道を進むと、左側に小さな青果市場がある。市場なのにいつ通っても無人で、がらんとしたコンクリートの地面にキャベツの屑だけが散らばっている。市場の隣には、あんこ工場があって、その前を通るとプンと生温かい小豆の匂いが漂ってくる。壁がつぎはぎのトタンでできた、小人の家のように小さな工場で、入口の横のところに白っぽい藤色をしたあんこの絞りかすが、雪かきの後のように積み上げられている。あれはブタの餌になるのだといつか誰かが言っていた。

その先の細い道を行くと、夫婦で顔がそっくりなおじさんとおばさんがやっている八百屋がある。おじさんは笑うと金歯で、おばさんはいつも肩にタオルをかけ、その上にオカメインコをとまらせている。オカメインコは「ボヨヨン」と鳴くので、本当の名前は「ピーちゃん」なのに、私たち子供の間では「ボヨヨン」で通っている。

へべれけ(名) いたく酒に醉ふと。
へぼ(名) ㈠つたなきと。下手。「―將棋」。㈡よくなきもの。出來のわるきもの。
べぼや(名) ㈠はかなくきえたるあとかた。
へま(名) ㈠氣のきかねと。まぬけ。㈡物事のくひがふと。間のわるきと。

八百屋の前の、さらに一段細い路地を右に入ると、T医院の古びた玄関口があって、看板に「内科」「小児科」と並んで「ち、もみ」と書いてあるのが、いつも気になって仕方がない。

バス通りを渡って卓球場と銭湯を過ぎると、もう駅前の商店街だ。私はお金を握りしめて何かを買いにいくところで、目当ての店は雑貨屋の「むかで屋」なのか、なぜか靴と並べて生卵を売っている靴店なのか、いつも『少年マガジン』を買いに行く本屋さんなのか、それともときどき駅前で店開きしている「なんでも十円屋さん」なのか、いつも店に着く前に眠ってしまって、自分がどこで何を買うつもりなのかはわからない。

八百屋のおばさんのオカメインコは、私が中学になった頃にどこかに飛んでいってしまった。あんこ工場も卓球場も、今はもうない。家の近くのドブ川は私が引っ越したあと暗渠になって、いまは遊歩道になっている。だから「べぼや橋」ももうないだろう。何度も一緒に渡ったはずの家族まで、不思議なことに、あの橋のことを誰も知らないと言う。
「べぼや橋？　何それ」と言うのだ。

先日ふと思い立って、「べぼや橋」をネットで検索してみた。一件だけヒットして、胸が高鳴った。でもそれは自分のウェブ日記だった。

住民録

"コマネチさん"

名前に反して中年の男性である。禿げ頭で白シャツにステテコ、雪駄をはいていることが多い。禿げ頭は禿のかつらとの情報もある。ふだんは姿を見せないが、たとえば「抜本的」などという言葉を聞くと、どこからともなく走り出てきて、「ぱっ、ぽん」と言いながらコマネチのポーズをし、またすばやくどこかに去っていく。

"子供"

四歳ぐらいの男児。半ズボン。飽きっぽく、大人同士が会話をしていると、すぐにあくびをしたり床に寝転がって足をバタバタさせたり「ねえ、もう帰ろうよ」と言ったりする。好きな食べ物はゼリー、プリン、桃、カレーライス。嫌いな食べ物はグミで、理由は「ずっと口の中にあって、いつ飲み込んだらいいかわからなくなってこわいから」。

"見知らぬおじさん"

よれよれの背広姿、背が低く小太りで脂ぎっている。と音を立てておしぼりのビニールを破り、「さっきの娘とこの娘は姉妹か」とか「最近の若い奴らは俺より脚が短いな」などと感想を述べる。述べつつ、顔や眼鏡、首筋まで拭く。暑さに弱く、最近は「蒸しますなあ」を連発している。

"ミツユビナマケモノ"

南米原産の動物。ナマケモノ科。いつも高いところにぶらさがってじっと動かず、生きているか死んでいるかもわからない。一説には、ここの最も古い住人の一人。めったに鳴かないが、諸般の事情から急がされると、悪夢のような苦悶の叫び声を長々と上げ、他の住民たちの耳をふさがせる。"子供"から餌をもらっているらしい。

"狂犬"

三十歳前後の男。伸び放題の髪と髭、血走った目。破れシャツに裸足。先がイガイガの鉄球になっている金棒をいつも持ち歩いており、後ろからベルをうるさく鳴らしながら走ってくる自転車や、レストランで砂糖壺の中身を撒き散らす幼児、それを微笑ましく眺め

ている両親などを見かけると、「こんどら」などと叫びながらいきなり襲いかかる。当然友人はいないが、なぜか"三つ編み"とは馬が合う。

"一言婆"

つぎあてだらけの着物を着て白髪をふりみだした、推定百歳ぐらいの老婆。どこからともなく現れて、一言ボソリとつぶやいて、また疾風のように去っていく。たとえば服を買おうかどうしようかと迷っていると「何を着ても駄目なものは駄目じゃ」、翻訳が前に進まず苦しんでいると「お前にゃしょせん百年早いわ」、締切りが間に合わず電話で謝っていると、「謝る語彙だけは豊富だのう」。立ち去る時の足の速さは老婆離れしており、"コマネチさん"の変装とも生き別れの母とも噂されている。

"三つ編み"

ピンクに白の水玉の幼稚園のスモックを着た女児。腰までのお下げ髪。極度の人見知りで、話しかけられるとすぐに泣く。泣いていない時はしゃがんでアリの巣を見張っていたり、『浦島太郎』の歌に出てくる「こわいカニ」について考えたりしている。他人の言葉をすべて額面どおりに受け取るうえに執念深いので、いまだにカメラから鳩が出てこなか

ったことについて釈然としない思いをいだいている。

夏の逆襲

夏が好きだ。夏でなければ嫌だ。

汗がダラダラ出て夕方になると自分から小学生の匂いがするのも、ときどき立ちくらみで目の前が真っ暗になるのも、家の中を裸足でペタシペタシと歩き回るのも、蚊に刺されてムヒを探して見つからなくて「応急処置」などと言いながら爪で十字の印をつける、みんな楽しくうれしい。

夏は暑ければ暑いほどいい。個人的には四十度ぐらいまでなら受け入れる用意がある。だからここ数年はうれしくてしかたがない。ヒートアイランド上等。地球温暖化ブラボー。日本の亜熱帯化賛成。自分に優しく地球に厳しい私だ。

毎年夏が近づくたびに、あれもしたいこれもしたいと心が躍る。プールも行きたいし海も行きたいし冷し中華も食べたい、花火もやりたいしかき氷とスイカも食べねばなるまいし、そうだ朝顔も植えたいし浴衣も着たい。

気ばかり焦ってけっきょく何もしないのも毎年同じだ。夏の終わりには必ず星取表をつ

ける。プール×海×スイカ○かき氷×花火×朝顔×蚊取線香○冷し中華×浴衣×。今年も負けずが込んだ。まだ何もやっていないのに虫が鳴きはじめると、心の底から悲しくなる。毎年必ずやるささやかなレジスタンス活動がある。もう夏の盛りは過ぎて朝晩は涼しいけれど昼間はまだ暑い、というような日に、「ああ、もう夏だ」と思ってみる。すると一秒の何分の一かぐらい、本当に今が夏の終わりではなくこれから夏が始まるような、あのわくわく感が戻ってくる。

夏は終わったというのに、台風はこれからが本番だ。そこのところがどうも釈然としない。感覚的には台風は夏のものという気がするのに、秋が台風のシーズンというのが解せない。

そうこう言っているうちにも、また一つ台風が近づいてきた。天気図の、丸で囲んだ台という字を見ているうちに、ふと思った。これが「台」でなく「夏」だったらどうしよう。

「昨日、南の海上で夏十九号が発生しました。夏は今後しだいに進路を北寄りに変え、今週末にも日本に上陸するおそれがあります」

そんな天気予報が流れると、みんなあわてて一度しまった扇風機や豚の蚊遣やタオルケットやそうめん流し機をひっぱり出して夏に備える。プールや海の家は急きょ営業を再開し、街には「かき氷」ののぼりや「冷し中華始めました」の貼り紙が復活し、学校も夏の

上陸に備えて臨時の夏休みとなる。そしていよいよ夏が上陸すると、とたんに気温は真夏に逆戻り、あたり一面セミしぐれ、それが「大型で非常に勢力の強い」夏ともなれば、気温は連日三十五度超、ビールやアイスキャンディはどこも売り切れ、道路は夏から避難する人々と夏に向かっていく人々の車で上下線とも大渋滞。警告を無視して岸壁に夏の様子を見にいって暑さで倒れる人が続出したり、小学生が夏休みなのを忘れてうっかり登校してしまうといった悲劇が毎年のように繰り返される。

私はといえば、万全の態勢で夏を迎え撃つ。これは夏のアンコール、夏の敗者復活戦だ。素足ペタシペタシ立ちくらみ蚊刺され十文字夕方の子供の匂い、全部を心ゆくまで味わいなおし、本割で黒星だったプールや海や浴衣や花火もぜんぶリベンジする。星取表を全勝に書き換える。

台風に目があるように、夏にも目がある。猛威をふるう夏の中で、その真下だけは秋のままだ。遠くから見ると、トンボの大群が筒状にかたまってゆっくり移動していくのでそれとわかる。目がしだいにこちらに近づいてきた。セミしぐれがぴたりと止み、トンボがそこらじゅうを乱舞し、気温がすっと下がってひやっこい風が吹く。そら、目に入った！　などと考えていたらクシャミが一つ出て、風邪をひいた。

ツクツクボウシ

私は英語で書かれたこの文章の意味について真剣に考えなければならないのだが、それにつけてもさっきからセミの声がひどくうるさい。ツクツクボウシ。その鳴き方がひどく下手くそで、おかげで考えがまとまらない。

オーシーツクツク、オーシーツクツク、オーシーツクツク、それが何度目かで間違えて「オークツク」になる。あるいは「オーシックッ」と急に止まる。かと思うと前奏の「ツクツクツクツク」だけでいつまで待っても「オーシー」が始まらない。聞くまいとすればするほど聴覚は研ぎすまされ、間違うんじゃないか間違うんじゃないかほうら間違えた。頭の中で校正用の赤ペンを取り出し、宙に浮かぶ「オー」と「ツクツク」の間に「シー」と書き込む。

だがそんなことより目の前の文章だ。気を取り直してコーヒーを一口飲む。深いコクと味わいの褐色の熱い液体が喉を滑り落ち、馥郁たる香りが鼻孔をくすぐる。カップを持つ両手に、熱がじんわり伝わってくる。いま液体表面は完全に静まりかえっているが、カッ

プの中では激しい対流が起こっているはずだ。しかしコーヒーが完全に冷えてしまっても液体は顕微鏡レベルで微妙に揺れ動いているはずで、それはなぜかといえばブラウン運動。理科で習ったなあ。チンダル現象。分子はつねに運動しているから、分子どうしがぶつかって液体は常にゆらゆら動いていてあつつつつつ。

カップを手に持っているのを忘れてブラウン運動を全身で表現しようとしたために、膝の上にコーヒーがこぼれた。あわてて立ち上がりタオルで拭く。少し火傷をした。いまいましい。

気を取り直してコーヒーをもう一口飲む。

分子といえば思い出した。コップ一杯の水を海に注いでよくかきまぜ、ぜんぜん別の場所でもう一度海の水をコップにすくうと、元の分子が必ず何個か入っているとかいう話。ということは、このカップの中にも前に私が飲んだことのある水の分子が混ざっているのだろうか。水だけではない。空気中のさまざまな分子も、たえず離合集散を繰り返しているのだろうか。現にいま私がいるこの部屋の中でだって、「三年前にアマゾンの猿の肺の中で隣りあわせた酸素の分子どうし」とか「五十年前のパリで一緒の炭酸水からはじけ出た二酸化炭素の分子どうし」とかが劇的な再会を果たしているかもしれない。たとえばあの本棚の横あたり。分子どうしの感動の抱擁を阻止するべく、手刀でそのあたりの空気を

シュッと切る。ここか。ここか。それともここか。裂帛の気合をこめて。渾身の気迫とともに。シュッ。シュッ。シュッ。シュッ。
我を忘れてやりすぎたために汗が出た。着替えをしたいが考えたらまだ冬服を出していない。先月ぐらいまではまだ笑い話にできたが、もはや洒落にならないぐらい寒い。もう真冬なのに。ついこの間までジンゴーベージンゴーベーとうるさかったがそれすらも過ぎ、もう年賀状を書かねばならないというのに。このまま年を越してしまうのか。冬服を出すのが嫌さに夏服のまま越冬して死んだ人というのはいるだろうか。
だがそんなことよりも目の前のこの文章を。それにつけてもセミがうるさい。
オーシーツクツクオーシーツクツク。
シュッ。
シュッ。
シュッ。

shu

shu   *shu*

十五光年

先日、道を歩いていて、「あっ!」と叫んで棒立ちになった。長年の謎が、急にとけたのだ。

十五年ほど前の夏、M高原行きの列車に乗った。

先に行っている仲間に後から遅れて合流しようとしていたので、厳密には一人旅ではなかったが、そんな鄙(ひな)びたローカル線に一人で乗るのは初めての経験だったので、何となくわくわくした。

開け放した窓からは涼しい風が吹き込み、流れていく濃い緑を眺めながら飲むビールは、胃にしみるおいしさだった。最初は空いていた座席もしだいに埋まっていき、私と向かい合わせの席には裟裟を着た僧侶が座った。福々しい微笑みをたたえた温和そうなお坊さんだった。私の一人旅気分はいっそう盛り上がった。美しい緑、爽やかな風、旅の道連れに僧。絵に描いたような素敵シチュエーションだ。

そうこうするうちにいい具合に酔いが回ってきた。洗面所に行って帰ってくると、何か

が前と違っていた。爽やかな風も流れてゆく緑もそのままだったが、お坊さんの顔がもう笑っていなかった。というか、はっきり不機嫌そうな顔になっている。気のせいか、私のことを睨んでいるようでもある。理由がわからないまま、列車はM高原駅に着いてしまった。

あの時お坊さんの顔が不機嫌だった理由が今ごろになってわかった。トイレに立つ時、私は飲みかけの缶ビールを窓際に置いていった。ビールはもう四分の一ほどしか中身が残ってなかった。たぶんそれが風で飛んで、お坊さんにかかったのだ。そうだ。記憶の中の映像を巻き戻してみると、たしかに窓辺に置いてあったはずの缶が、床に置いてあるのが見える。

考えてみるとこの十五年間、平均すると三か月に一度くらいの割で、なぜかこのお坊さんのことを思い出していた。なぜだか理由がわからなかったのだが、もしかしたら私の頭はずっとそのことを考えていたのだろうか。それとも無意識では最初から答えがわかっていたのに、それを伝達する脳の回路が切れていて、十五年もかかってやっと意識の表面に到達したのだろうか。

こんなこともあった。

十年ほど前の深夜二時ごろ、家の近くの道路を車で走っていた。広い一本道だったが、

時間が時間なので他に車は一台もいなかった。カーブを一つ曲がったところで、対向車線に車が一台見えた。裏返された亀のように屋根を下にして、道の中央に転がっていた。エンジンは止まっていて、煙も見えずガラスも割れておらず、あたりに人の姿も見えなかった。不思議なくらい静かな風景だった。私はそれを見て、なぜか「事故だ」という風には思わなかった。「ああ、きれいだな」と思った。そしてそのまま通りすぎてしまった。

つい先日、急にその時の記憶がよみがえってきて、思わず手にしていたソフトクリームを落としそうになった。

あれってもしかしたら事故だったんじゃないか。というか、もちろん事故にきまっている。あの時の私は何だかあれがシュールな絵のように思えて、ちっとも現実味がわからなかったのだが、本当は第一発見者として通報の義務があったのではないのか。それを怠ったのは、軽い犯罪じゃないのか。

この車のことも、私はこの十年間、折りにふれて思い出していた。無意識から発せられた信号が脳の中の難儀なシナプスの山路をえっちらおっちら越えて、十年かかってやっと目的地に到着したのだろうか。まるで三蔵法師か遠い星の光だ。

だが今ごろ到着されても、もうどうしようもない。お坊さんはビールくさい裟裟のままお経を上げただろうし、あの車の中の人がどうなったかは、できれば考えたくない。

さらに考えたくないことには、私には折りにふれて、そう、たとえば三か月とか半年とか一年に一度の割で、なぜか思い出してしまう昔の出来事がまだまだたくさんあるのだ。次に何十光年だかの彼方から信号が届いたときに、自分が何をしている最中か、今から心配でならない。

鍋の季節

――一日目――

　鍋をしていてアク取りが必要になったので取りにいったらアク取りが消えていた。台所の、しゃもじや菜箸やおたまや木べらを差してある道具立てに、しゃもじも菜箸もおたまも木べらもあるのにアク取りだけがない。
　私は途方にくれた。これからいったいどうやってアクをすくえばいいのか。
　思えばそのアク取りは一年ほど前、渋谷の東急ハンズでたまたま見かけて購入したのだった。それまで鍋のアクをおたまや、柄のついた網目の粗い、豆腐をすくったりするのに使うあの名称のよくわからない器具ですくったりしていま一つ不満を感じていたのだが、これは便利かもと思って家に連れ帰った。そしてじっさいアク取りは期待にたがわぬ働きをしてくれた。
　私とアク取りとの楽しかった日々が走馬灯のようによみがえった。しゃぶしゃぶのアクをすくったこと。鳥鍋のアクをすくったこと。キムチ鍋のアクをすくったこと。しゃぶし

やぶのアクをすくったこと。しゃぶしゃぶのアクをすくったこと。失って初めて、私は自分の人生にアク取りが占める意味の大きさに気づいた。何としても犯人をつかまえ、アク取りをこの手に取り戻してみせる。
鍋がぐつぐつと煮えていた。

——二日目——
私はさっそく捜査を開始した。現場に争った形跡がないことから、顔見知りの犯行である可能性が高いと思われた。道具立ての住人の中で最も疑わしいのは、おたまと、あの名称のよくわからない網目の粗い器具だ。何しろ彼らには動機がある。私は彼らを尋問したが、両者は黙秘を貫いた。多少手荒な方法も試みたが、彼らの口は固かった。だが調べを進めるうちに重大な事実が判明した。両者にはアリバイがあったのだ。捜査はふりだしに戻り、二名の重要参考人は釈放となった。
名前のわからない器具の柄が少しゆがんでいた。

——三日目——
捜査の基本は足。現場百遍。地取り鑑取り。私は目撃者に聞き込みをすることを思いつ

容疑者 A
容疑者 B

いた。現場付近を根城とする炊飯器、まな板、秤、しゃもじ等にアク取り失踪当時の状況を尋ねたが、全員が黙秘を貫いた。誰かをかばっているのだろうか。それとも全員が何らかの形でこの犯罪に関わっているのか。

犯人は現場に舞い戻るという。私は現場の張り込みを開始した。冷蔵庫の陰に隠れて待つこと五分。犯人は一向に現れない。急に空腹を覚えたので張り込みを中断し、炊飯器の中に残っていた昨夜のご飯の残りに生卵をかけて食べた。

炊飯器、しゃもじ、共に黙秘のまま。

——四日目——

いつの間にか道具立てにアク取りが戻っていた。どこへ行っていた、誰に連れ去られたと問うても無言である。やはり犯人は顔見知りなのか。それでかばいだてをしているのか。今まで私は一方的にアク取りに好意をいだくだけで、本人の気持ちなど考えたこともなかった。もしかしたら関係に不満があったのかもしれない。人知れず悩みを抱えていたのかもしれない。故郷の東急ハンズが恋しかったのかもしれない。私は、もっと本人と腹を割って語り合うことの必要性を痛感した。

そこまで考えて、初めて「家出」の可能性に思い至った。

というわけで、今夜は鍋。

西太后の玉

 たとえば、あなたが会社に勤めているとする。あなたのところには毎日いろいろな書類が回ってくる。その中に、部長なり課長なりから下りてきた書類や手紙に、部長なり課長の字でこう書かれたメモがついたものが混じっていることがある。

〈よしなに〉

 そういうのはたいてい誰もが面倒くさがる瑣末な仕事なので、さんざんたらい回しにされたあげく、いちばん下っ端であるあなたのところに流れつく。
 よしなに。これはたぶん「個人の裁量で」「常識の範囲内で」「適切な判断を下し処理せよ」ということだ。だが加減というものがわからず常識のかけらもなく場の空気が読めず、「さじ加減」とか「気配り」とか「阿吽の呼吸」とか「胸先三寸」とか、そういうことに絶望的に無能なあなたは、「よしなに」を極度に恐怖している。恐怖しているから、この言葉を見たとたんに脳がフリーズし、体が硬直する。汗が吹き出し舌が乾き、いよいよどうしていいかわからなくなる。

あなたはなすすべもなくその言葉を見つめる。よしなに。よしなに。よしなによしなによなしによしにな。見ているうちに、だんだんひらがなの一つひとつがぐにゃぐにゃほどけて、ヘビのようにのたくりはじめる。あなたは慌ててひらがなを漢字に変換する。与市名二。与志那仁。与那国。与論。対馬。漢倭那国王。魏志倭人伝。頭の中で、兵馬俑がゆらりと身動きする。中国の大地に埋まっていた何千何万という石の軍隊が、こちらに向かって進軍を始める。狙っているのは皇帝の暗殺を指示する密書。まさに今あなたが手にしている書類だ。あなたはあわてて持っていた与死那弐をびりびりに破く。あるいは口の中に詰め込む。あるいは引き出しの奥の奥にしまいこむ。そして安心して、何もかも忘れてしまう。

あるいは、ある会合の案内メールが届く。そこにはこんな一文が添えられている。

〈なお、この会費は非会員の方とは別料金になっておりますので、どうぞお含みおき下さい。〉

お含みおき下さい。あなたはその言葉をじっと見つめる。汗が出る。喉がかわく。脳がフリーズする。含みおく。含みおく。含みおくとはどういうことだろう。ＡがＢを含む。たとえば、銀河系は地球を含みます。含みおく。それならわかる。この混ぜご飯はしいたけを含みます。それもわかる。だが人間が何かをどうやって含めばいいのか。口に含めということだ

ろうか。頭の中で、とある映画の冒頭、死んだ西太后の口の中に大きな玉をカポッと押し込むシーンが思い出される。そういうことだろうか。だが口に含んだままだとうまくしゃべれない。会合どころじゃない。そうこうしているうちにも、玉は口の中でどんどん膨れ上がってくる。よだれが顎をつたい、ひしゃげた舌が喉の奥を圧迫して呼吸が困難になる。だめだ。自分にはとても含みおけない。あなたは舌を押し戻し、必死の思いで玉をベッと吐き出す。玉はごろごろと転がって部屋の隅で止まる。

それからあなたは疲労困憊の体でもう一度メールを読みなおし、会合に行く予定の別の誰かにメールを打つ。「会員は別料金って書いてあったんだけど、それってどういうこと?」そして送信した瞬間にフリーズが解けて気づく。それが「会員は非会員より会費を安くしてあるが、それは秘密の優遇なので非会員の人には内緒にしておくように」という意味だったことに。そしてたった今メールを送信してしまった相手が非会員であったことにも。あわててパソコンのケーブルを押さえるが、もちろんそんなことをしても後の祭りだ。

あなたは部屋の隅に転がっている西太后の玉を見る。それはいつの間にか豆粒ぐらいに縮んで、ひどくちっぽけに見える。

さいきんのわたくし

某月某日
髪を切りに行く。
切られながら見ていると、床に散らばった黒や茶の髪を、ときどき幅広のホウキが、すーっ、すーっと掃いていく。ちょうど目の前の壁の隅に横長の細長い穴があいていて、集められた髪はその中にどんどん押し込められていく。
あの穴は何と呼ばれているのか、と髪を切ってくれている人に質問すると(私は業界の符丁とか、そういうことにとても興味がある)、特に決まった名前はないという。
「"毛穴"って呼ぶようにしたら?」と提案してみたが、「考えときます」と体よくあしらわれる。

某月某日
電車に乗る。

運よく座れた、と喜んだのもつかのま、隣に座っている若いサラリーマン風が、さっきから前かがみになり、全身を激しくぶるぶる震わせている。アル中だろうか。あるいはヤク中。いきなり刺されるとかしたらどうしよう。などとどきどきしていたら、パン！ と音がして、メロンパンが飛び出した。パンのビニール袋が固くて、渾身の力で開けようとしていたのだった。

某月某日
友人「きのう面白い夢を見てさ……」
私「その話ならこのあいだ聞いた」

某月某日
心霊写真を見せられる。すごい、メガネまではっきり写っているね、と言うと、「それは私です」と言われる。

某月某日
『アルプスの少女ハイジ』はハイジがずっとアルプスで楽しく暮らす話だと思っていた。

ペーターはパトラッシュという大きな犬を連れていて、絵の前で眠るように死ぬのだと思っていた。『青い鳥』と『小公子』の違いは、いまだにわからない。

某月某日

久しぶりに会った人が目も鼻も真っ赤にして鼻をぐすぐすいわせているので、「あ、花粉症なんだ。大変だね」と言うと、相手は変な顔をして「え？　違うけど……」と言う。よく見ると、目も鼻も少しも赤くない。鼻もべつにぐすぐすいわせていない。

某月某日

髪を切りに行く。
椅子に座ると、いつも切ってくれる人に「あれから本当に　"毛穴"　って呼ぶことにしたんですよ！」と、にこにこしながら言われる。
嬉しかったかというと意外とそうでもなく、馬鹿みたいな名前だと思うが、今さらそんなことは言えない。

ke - ana

マイ富士

小さい小さい富士山が欲しい。
大きさはそう、裾野の差し渡し三十センチ、標高二十センチくらいがいい。
手に入ったらどこに置こうか。
床の間に置くもよし。窓辺に飾るもよし。テレビの上や玄関の靴箱の上のアクセントにするもよし。縁起物として仕事部屋に飾ってもいいかもしれない。
いや、でもやっぱり枕元に置いて、飽かず眺め暮らしたい。
目覚めたら富士。昼の時報を聞いて富士。お茶を飲みながら富士。食後の一服に富士。風呂上がりに富士。おやすみなさい富士。
小さい小さい富士があれば、四季の変化もぐっと身近になる。
冬はうっすらと雪化粧。
秋は小さい小さい富士五湖に紅葉が映る。
夏には山頂にめずらしいレンズ雲がかかって。

朝晩はほんのり朱色に染まってきれい。
クリスマスには星や電球で飾りつけ。
お正月には小さい小さい初日の出に向かって手を合わせ、家内安全無病息災。
退屈な時には、虫眼鏡を近づけてあちこち観察してみる。
今はもう使われなくなった測候所が、山頂に疣のようにぽつんと残っている。山肌のあっちこっちで、しきりに岩が崩落している。五合目あたりは観光バスがごちゃごちゃと駐まり、イカ飯を焼く匂いがかすかに漂ってくる。ふもとの樹海を分け入っていく人の姿が見える。

富士があれば、きっと一生退屈しない。だから私は小さい小さい富士がほしい。名前もつけてやる。男の子だったら富士夫、女の子だったら不二子がいい。たまには近所の公園を散歩させてやろう。公園デビューの日を思うと、今からすこし緊張する。

上手に育てれば、三年ほどで噴火するようになる。
きちんとしつければ所定の場所以外では噴火しなくなるのでなおのこと良いでしょう。
頻繁に呼びかけてやり、クラシック音楽を聴かせるといいでしょう。
ご進物に。インテリアに。ビルの屋上に。各種祈願に。ペットとして。受験生のお夜食

がわりに。
用途やお好みに合わせてサイズ・種類も豊富に取りそろえております。
着せ替え富士。花柄、ペーズリー、迷彩柄、水玉、タータンチェックの中からお選びいただけます。ドライクリーニング推奨。
おしゃべり富士。ミルクを飲み、傾けると「ママー」と言います。落石に注意。
メカ富士。直線的なラインのフルメタルボディ。GPS搭載、自動姿勢制御装置内蔵。インテル入ってる。噴火はビーム。生身の富士と闘わせてみるのも一興でしょう。
食用富士。獲れたての新鮮な富士を現地で急速に冷凍、風味を閉じ込めたままクール宅急便にてお届けします。未開封賞味期限百二十日。返品不可。
そろそろ二山めをとお考えのご夫婦には、小さい小さいモンブラン、小さい小さいチョモランマ、小さい小さいマッターホルン等もご用意しております。
どこかで売っていないものか。小さい小さい富士。

部屋のイド

　私のひそかな興味、それは人様の汚い部屋を鑑賞することで、テレビでそういうのをやっていたりすると、正座して息を詰めて視聴する。
　汚部屋、それは一つのファンタジーだ。洒落たインテリアの小ぎれいな部屋はどれも似通っているが、汚部屋の散らかり方は主の数だけある。マンガと雑誌とゲームとパソコン機器で要塞化した部屋がある。半透明の膨れたゴミ袋が天井まで積み上がっている部屋がある。ぬいぐるみと弁当殻とペットボトルと紙袋が渦を巻く一番上にブランドバッグが載っていたりする。これは人間の築く蟻塚、個人の脳内が結晶した小宇宙だ。
　そんな具合に汚部屋鑑賞を愛する私だが、現実の汚部屋に足を踏み入れたことは一度もない。
　いや、一度だけあった。大学の同級生のRの部屋だ。Rは風変わりだった。年齢不詳で十八歳にも四十歳にも見えた。英国紳士のようにぱりっとした服装で現れるかと思えば、よれよれのコートの下にパジャマいっちょうという日もあった。普段おとなしいのに、吸

っているタバコの箱のセロハンを剥がされると暴れた。酔って女子に殴られるのが特技だった。仕送りを競馬で全額すって、学食のショーケースの見本を盗み食いして一か月しのいだこともあった。

その R が、「部屋が汚いんだよお」と泣きついてきたのだった。「頼むからみんなで片付けに来てくれよお、気が狂いそうなんだよお、寿司おごるからさあ」と言うのだった。

春の一日、寿司に目のくらんだ男女数名は R の下宿を訪ねた。玄関を入るとすぐ小さな台所があり、なぜかそこに布団が敷いてあった。理由はすぐにわかった。ガラスの引き戸で仕切られた奥の六畳は、よくわからないものが高さ五十センチぐらいに堆積して、寝るどころか歩くことも困難だった。

台所の流しにうずたかく積まれた汚れた皿の中に、トンボの死骸が溶けて浮いていた。部屋の隅に緑色のテニスボール様のものが転がっていて、よく見るとカビに覆われたミカンだった。軽い目眩をおぼえて傍らのテレビに手をついたら、表面が手の形に黒くなった。白だと思っていたそのテレビは黒だった。後悔、の二文字が全員の心に浮かんだが後の祭りだった。横では恥じらっているのか、R が体を変にくねくねさせていた。

床を覆っているよくわからないものの一番上の層は、服、教科書、辞書、筆記用具、バラ銭といった、学生をやっていくために最低限度必要な品々で構成されていた。その薄い

層を取りのけると次に現れたのは、競馬新聞、プロレス新聞、漫画、アイドル写真集、酒瓶、するめなどのRの好物から成る厚い層だった。数時間かけて二番目の層を撤去すると、その下から、数ヶ月ぶりで日の目を見たであろうコタツが出土した。
　私たちは恐る恐るコタツに手をかけた。皆うすうす勘づいていた。この部屋の構造は、Rの内面そのものだ。第一層がRの超自我、第二層が自我であるとするなら、最下層のこのコタツの下にあるものこそRのイド、本能に根ざした最も根源的な欲望であるはず。
　えいや、と持ち上げたコタツの下から出てきたのは数枚の紙切れだった。一人が拾って読みはじめたその時、Rが猛然と背後から走ってきて紙を奪うと、ぐしゃぐしゃに丸めて口につめこみ、そのまま部屋を飛び出して、それきり戻ってこなかった。
　その紙が何だったのかは今もって意見が分かれる。一人は、なんかラブレターみたいだったと言い、別の一人は、いや小説だ、Rが好意を寄せるクラスの女子を主人公にした官能小説だったと言った。本当のところは知りようがない。けっきょくRはその日を境に学校に来なくなり、そのまま留年が決定した。何年か遅れで卒業したと聞いたが、どこでどうしているかは知らない。
　寿司はいまだにおごってもらっていない。

グルメ・エッセイ

私は食べ物が好きだ。

特に好きなのは、おいしい食べ物だ。

なかでも好きなのは、高くておいしい食べ物だ。

むかしフレンチ・レストランで食べた赤ピーマンのムース。おいしかった。三人で五十個食べた生牡蠣。厚さ五センチのヒレステーキ。博多みやげの極上明太子。みんなおいしかった。

それらはどれもタダ飯だった。タダで食べる高級でおいしい食べ物はおいしい。だから記憶に残る。記憶にしか残らない。バブルはもうはじけた。

だが実を言うと、私は低級でおいしい食べ物も好きだ。

みそ汁をぶっかけたごはん。熟れすぎたバナナ。百円のカップアイス。レトルトのカレー。焼きそばの紅しょうがに染まった部分。どれもみんな好きだ。そして好き歴が長い。子供のころからずっと好きだった。死ぬ前に一つと言われれば、高級な食べ物より間違い

なくこっちだろう。

だがもっと本当のことを言うと、私はまずい食べ物もわりと好きだ。

たとえば、うっかり入ってしまった場末の食堂のライスカレー。それが「場末」で「食堂」で「ライスカレー」である場合、出てくるものはほぼ確実に、小麦粉とカレー粉だけでできたやけに黄色いルーに、わずかな肉片とグリーンピースが浮かび、真っ赤な福神漬けが添えられたものである。当然まずい。だが何口か食べているうちに、それほどまずくないような気がしてくる。まずさそのものが、おいしく感じられてくる。確かめようとしてもっと食べると、ますますおいしくなってくる。未知の脳内物質が分泌される。止まらない。気がつくと、ルーもご飯も、真っ赤な福神漬けまできれいに平らげている。

私の通っていた大学の学食はまずいので有名だった。スパゲティ、ラーメン、マーボ丼、グラタン、何でも等しくまずかった。そのまずさを私は愛した。とうとうあるとき部活の先輩から「あなたが学食でミートスパゲティをあんまりおいしそうに食べてたから、同じのを頼んだらものすごくまずかったじゃない！」と怒られた。戦国武将と同じ苗字をもつその先輩は、颯爽としていて憧れだった。同じ部活の先輩と結婚して、弱そうな名前になってしまった。

けれどももっと本当のことを言ってしまうと、私は食べ物がすこし嫌いだ。

食べ物は変だ。
私の好きなウニやイクラやハヤシライスや豚肉生姜焼きやアジのたたきや島らっきょうや鰻重。みんないい匂いだ。でもそれが自分の体臭だったらと考えると、ぞっとする。また、どんなに好きでも抱きしめたり一緒の布団で寝たりする気にはなれない。手の上にのせて転がしたり頬ずりしたり体にじかに塗ってみるのも嫌だ。
それって考えたら変ではないのか。私たちは嫌な匂いの、手で触ったり頬ずりしたりすることもできないものを平気で口に入れている。それを血肉にして生きている。しかも体臭としてアウトであるほど、じかに肉体的に接触したくないものほど、好んで口に入れようとする傾向がある。私たちはどうかしている。
食べ物は、変だ。
食べ物は、不気味だ。
私は食べ物が嫌いだ。
私は食べ物が、とても好きだ。

かわいいベイビー

いま翻訳しているアメリカの若手の女性作家が書いた短編集で、この人はどういうわけか赤ん坊の出てくる話をよく書く。

ある日世界じゅうで老婆がいっせいに赤ん坊を産みだす話だとか。

赤ん坊が今にも産まれそうなのを、便意をこらえるみたいに根性で何年も我慢しつづける話だとか。

家の中を百ポンドの巨大な赤ん坊がはい回っていてそれは自分の目にしか見えないと信じている小学生の話だとか。

そんなわけだから、訳していると必然的に「赤ん坊」「赤ちゃん」という言葉を何度も使うことになる。

赤ん坊。よく考えると不気味な言葉だ。

もしも自分が意味を知らずに「赤ん坊」という言葉と出会ったら、どんなものを想像するだろうか。

よくわからないが、たぶん何らかの生き物なのだろう。全身が真っ赤でてらてらしている。入道のように毛のない頭から湯気を立てている。夜行性で「シャーッ」と鳴く。凶暴な性格で、小動物や人を捕らえて生で食らう。後ろ趾(あし)で立ち上がると体長十五メートルほど、大きいもので五十メートルにもなる。

嫌すぎる。

見回せば、実体を知らずに字だけ見たら大変なことになりそうな言葉は他にもある。

刺身。全身をめった刺しにされて血まみれの状態。またはその人。多くはすでに死んで冷たい。

好々爺。妖怪の一種。老人のエロスに対する飽くなき執着が実体化したもの。人間に危害は加えないが、ときどき里に下りてきて風呂を覗くなどの悪さをする。

美人局。官公庁街の一角にあり、大勢の美人がてきぱきと勤務している。業務の内容は不明だが、なんとなく全員が地球防衛軍のような制服を着ていそうな気がする。

野球拳。酔拳、蛇拳と並ぶ中国三大拳法の一。伝統的な武術に投、打、捕等の所作を取り入れて独自の発展を遂げたとする説が有力だが、これこそが野球の起源であるとする意見もある。

腕っ節。腕に木の節穴のようなものが次々にできる奇病。節穴が大きく硬くなると、俗

に「腕っ節が強い」と言われる重篤な状態となる。

爆乳。乳の形をした爆弾。不用意に触れると爆発する。ナマケモノ。皮膚がずるむけで生肉が露出した獣の一種。常にリンパ液や血でじくじく濡れており、夏になると強烈な腐臭を発する。体長五〜百メートル。夜行性。夜を切り裂いてサーチライトが交差し、東京タワーの天辺に巻きついた巨大なナマケモノを浮かび上がらせる。地球防衛軍の戦闘機、スクランブル発進。美人パイロットたちが一斉に爆乳を投下するも、目標は微動だにしない。六本木一帯が炎に包まれる。と、そこに地響きとともにいま一体の目標物。サーチライトに下から照らされて「シャーッ」と咆哮する、そうそれはまぎれもなく巨大赤ん坊、いましも決戦の火蓋が私の脳内で切られる。首都の空を赤く焦がして、

難問

 たとえば、いま私が非常に切羽詰まっているとする。あくまでたとえばの話だが、三人の作家の三つの小説について三つ作文しなければならないのに、三つとも大昔にいちど読んだきりで内容をよく思い出せないうえに本も見つからない。締切りはおとといだ。
 こういうときにかぎって、頭の隅でもう一人の自分がこんな難問を提起してくる。
 ——これから先、死ぬまでずっと一種類の表情で過ごさなければならなくなったら、どの顔を選ぶ？
 もちろん私は無視する。今はそんなことを考えている場合ではないのだ。今日じゅうに三人の三作品について文章を書かねばならず、そもそもその前に部屋のどこかに埋もれているはずの本を発掘しなければならない。だいいち、死ぬまでずっと一種類の顔でいるって？　そんなことになったら不便このうえない。日常生活にも人間関係にも支障が出る。馬鹿らしい。でもまあ、どうしても一つというんだったら、とりあえず笑顔にしておくの

が無難なんじゃないか。笑顔を絶やさず、とか言うし。腹の立つことがあったら取りあえずにっこりしろとも言うし。笑うと病気も治るらしいし。いやしかし、現実にどんなときにも笑顔の人間がいたらどうだろう。歩いているときも笑顔。電車の中でも笑顔。寝るときも笑顔。号泣しながら笑顔。笑顔で人を殴る。笑顔でフルマラソン。笑顔で弔辞。笑顔で万引き。

そんな人は嫌だ。友だちになりたくない。だいいち私はふだんめったに笑わない。一日の大半を仏頂面で過ごす。ならばそっちにしておくか。それがいちばん負担が少ない気がする。しかしなあ。近所の人に挨拶されても仏頂面。久しぶりの同窓会でも仏頂面。原稿が遅れた詫びを言っているときも仏頂面。これではただでさえ少ない人間関係がゼロになる。ならば無表情あたりを選択するのがいちばん無難か。あとは身振りと声のトーンでバリエーションをつける。うん、そうだ、それがいい。

でも待て。顔を固定するんだったら、目も開いたままかどっちか選ばないといけないんじゃないのか。できれば見えたほうがいいから開くにしたいが、それだと眼球が乾いて困る。それに口もだ。口が閉じたままだと物が食べられない。でも開きっぱなしだと噛めない。あああ。

そんなことよりも本。まず本を探して、しかるのちに作文。

——もしも死ぬときに最後に見る景色を事前に知ってしまったらどうする？ うるさいうるさいうるさい。本棚にないことはわかった。押入れの中を探してみようか。しかしそんなことを知ってしまったら嫌だろうなあ。たとえば最後に見るのが海だとわかってしまったら、もう怖くて海には二度と行けなくなるだろう。ハワイもエーゲ海も江の島もみんなさよならだ。いや実際の海だけとは限らない、映画に出てくる海のシーンということだってあり得る。『太陽がいっぱい』も『ポセイドン・アドベンチャー』も『惑星ソラリス』も、もう二度と観られない。
 海ならまだいい。何の変哲もない、どこともつかない町の風景だったりしたらどうすればいいのか。恐ろしくて一歩も外に出られなくなる。外に出られないだけならまだしも、いま住んでいる家の中とかだったらどうしよう。いま見ているこの画面だったら。
 私は急に恐ろしくなってパソコンの電源をブチッと切り、ついでに自分の頭の電源もブチッと切る。

アイ・スパイ

今日はとりあえず第一関門は突破した。

第一関門というのはここまでの送迎バスに乗ることで、ちょっと気をゆるめると、近づいてくるバスを見た瞬間に、行きたくない行きたくないという気持ちが体の奥からわき起こって、電信柱にしがみついて泣きわめくという失態を演じることになる。それで本当に行かないですむならまだしも、結局はあとで連行されて最悪の目立ち方をすることになり、よけいに「行きたくない」の元を作ることになる。

でも今日は大丈夫だった。朝、ごはん茶わんに描いてある〈どろろ〉から「今日も頑張るんだよ」と言われたから我慢できた。朝がパンの日は、ココアの缶についている〈オオカミ少年ケン〉がはげましの言葉を言ってくれる。この二人がいなかったら、自分はどうなっていたかわからない。

第二関門はお弁当の時間と、それに続くお昼休みだ。私はお弁当を食べるのが誰よりも遅い。でも残すことは許されない。食べ終わった人から、どんどん椅子をテーブルの上に

さかさにのせて外に行ってしまい、一人残って椅子のあいだに埋もれてお弁当を食べるのは、みじめなうえに焦る。やっと食べおわって外に出ていっても、もう遊びの輪は完成されていて入っていけないから、敵に見つからないよう物陰から物陰にすばやく移動して、残りの時間を一人でやり過ごす。敵は一人ではなく、三つ編みを束ねているゴムを片方取ろうとする敵、目が合うと全速力で追いかけてくる敵、砂をかけてくる敵とさまざまだ。先生もときどき敵になるので、油断できない。

緊張の数十分間をどうにか切り抜けると、あとはお遊戯や歌、お絵描きなどの通常業務で、これは周囲と同じようにしていれば、まず危機に陥ることはない。お絵描きでは「おひめさま」を描く。見たこともないし興味もないが、スカートの段々をビルみたいに積み重ねて色を塗るのが、少しだけ面白い。

つらい勤めを終えて家に帰ったのも束の間、第三の関門が待っている。同じ社宅のサキちゃんの家で「お人形遊び」をしなければならないのだ。サキちゃんがリカちゃんを手に持って、私はタミーちゃんを持って、変な澄ました声で「さ、ごはんを作りましょう」「そうしましょう」とか言い合わなければならない。私は本当は、ダンプカーとトラックを正面衝突させて遊ぶのが好きだ。こんなことをして何が楽しいのか全然わからない。でもそのことがバレたら大変なことになるような気がして、ドキドキしながら楽しいふりを

する。

サキちゃんの家では必ずカルピスが出る。飲むと舌の奥に変なモロモロができる。みんなもこのモロモロが出るんだろうか。でも聞けない。もしかしたらそのモロモロは、私みたいにいろんなことがバレないようにして暮らしている人にだけ出るものなのかもしれないからだ。

なんでこんなに毎日一人ぼっちで敵に囲まれて、何かがバレないようにドキドキしてなくちゃいけないんだろう。そう思いながらテレビで『ナポレオン・ソロ』を観ていて、はっとなった。スパイはいつも正体を隠して、一人ぼっちで敵と戦っている。ということは私も何かのスパイなんだろうか。そのドキドキ感は私が毎日感じているのとそっくりだ。ということは私も何かのスパイなんだろうか。悪の組織〈ようちえん〉と戦う秘密機関だろうか。自分でもいったい何のスパイだろう。どんな任務が与えられているのかも知らないスパイなんて、いるんだろうか。でももしかしたら、まだ小さすぎるから本当のことを知らされていないだけで、そのうちに何か重大な指令を言い渡されるのかもしれない。そしてそれは、きっと〈どろ〉か〈オオカミ少年ケン〉から言い渡されるような気がする。

だから、今日も私は正体がバレないようにドキドキしながら、いつの日か下るはずの指令をじっと待っている。

ある夜の思い出

小学校五年生の年の六月七日の夜は、生暖かくて風が強かった。私は社宅の部屋の窓を十センチぐらい開けて外を眺めていた。というより、息をひそめて見張っていた。

生暖かい強風が吹く夜が、その頃から私はとても好きだった。生暖かい風が吹く夜は、なんだか気持ちが浮き立つ。すごく生きているという感じがする。何かが起こりそうな気がする。

起こりそうな気がする、いやきっと起こるにちがいない、そう心のどこかで勝手に決めて、それでそんな風に窓をちょっとだけ開け、部屋の電気を消して、息を殺して外を見張っていた。

私たちの住んでいる社宅の隣も、やっぱりどこかの社宅だった。金網フェンスを隔ててすぐ向こう側に街灯が一本立っていて、強い白い光で隣の敷地を照らしていた。昼間は二つの社宅の子供たちが入り乱れて走り回っているコンクリートの中庭が、皓々と白い光に

照らされて、無人の研究所か宇宙船の内部のように見えた。街灯の下には車が一台駐まっていて、それにかぶせたカバーがしきりに風でばたばた鳴っていた。時おりほとんど車からはずれそうになっては、紐にひっぱられて何とか元に戻る。

窓の隙間からまっすぐ前を見ると、まず部屋の外の幅の狭いベランダが見え、自分の社宅の土の中庭が見え、向かいに建つもう一つの棟が見え、その棟と隣の社宅の建物の隙間に、遠く私鉄の操車場の灯が見えた。ランタンみたいな形のガラスの電灯が、米粒ほどの大きさで規則正しく並んでレモンイエローに輝いていて、私はそれをいつもきれいだなと思って憧れの気持ちで眺めていたが、その日はとくべつ明るく黄色く見えた。

じっと見ていると、その灯がときどきちかちかまたたく。風が吹くとよけいにまたたく。でもよく考えたら不思議だ。電気の光なのに、どうしてロウソクの火みたいに風で揺れるのだろう。よく漫画で風を表すときに描く線、ああいうものが本当にあるのだろうか。星を見ると、星も同じように風に吹かれてまたたいている。

風がますます強くなってきた。向かいの棟の、四階の部屋の明かりがぱっと点いて、誰かが入ってきて転がる音がした。どこかでプラスチック製の蓋のようなものが地面に落ちるのが見えた。うちは二階だから、その人の頭の上半分と、壁の上のほうに飾ってある絵

皿だけが見えた。そこの家には何度か遊びにいったことがあった。だから私は、あのお皿がその家の誰かが旅先で絵付けしたもので、リンドウの絵の下に「蓼科」と書いてあることを知っていた。人影がタンスの扉を開けて閉め、部屋を出ていって明かりが消えた。そのときふと私は、この夜のことをたぶんずっと覚えているだろうという気がした。

生暖かい風はあいかわらず強かった。車のカバーが風でめくれあがり、とうとう車から半分はがれて丸まった。向かいのあの部屋の明かりがまた点かないかと見ていたが、いつまでたっても点かなかった。操車場の灯がちかちか揺らめいた。遠くで犬の鳴き声がした。

それから三十年以上たって、私は本当にその夜のことをこうして覚えている。そしてあの絵皿や、転がっていったプラスチックの蓋や、遠吠えしていた犬や、部屋の明かりを点けて、タンスの扉を開けてまた閉めて出ていったあの人は、今ごろどうしているだろうと考える。

あとがき

これは雑誌「ちくま」に「ネにもつタイプ」というタイトルで書いた文章を一つにまとめたものである。タイトルがタイトルなだけに、たまに「そうなんですか?」と訊かれたりするのだが、けっして私本人がいろいろなことを根にもつタイプの人間だというわけではない。たぶん。

「べぽや橋」の検索ヒット数は一件から三件に増えた。ホッホグルグルは成仏したのか、あれきり現れない。「敵」との戦いはまだ続いている。岸本Q助のモデルとなった方は、つい最近訃報を聞いた。そしてオリンピックが廃止されるという話は、まだ聞かない。

この本ができあがるまでには、多くの方々のお世話になった。

雑誌「ちくま」に連載することを私に勧めてくださった、筑摩書房の松田哲夫さん。遅れてばかりの原稿をいつも優しく待ってくださった、筑摩書房の金井ゆり子さん。拙い文

章にいつも美しいイラストをつけてくださり、装幀も担当してくださった、クラフト・エヴィング商會の吉田篤弘さんと吉田浩美さん。連載を読んで励ましてくださったみなさん。本当にありがとうございました。

二〇〇六年十一月

岸本佐知子

文庫版あとがき

文章を書くときは、いつも「こんなものどうせ誰も読んでいないだろう」という、いじけた後ろ向きな気分で書いている。そんな後ろ向きな心根で書いた文章を単行本にしていただいただけでも身に余ることなのに、このたび文庫本にまでしていただいて、とても恐縮している。

恐縮のあまり、単行本ではページ数の関係などから収録しなかったものの中から数本選んで増量した。私の文章はともかく、お蔵入りになっていた美しいイラストが復活したことは喜ばしいです。

「べぽや橋」のその後だが、小学校の一年先輩でいらっしゃる坪内祐三さんが、「ああべぽや橋ね、もちろん知ってるよ」と証言してくださったので、ひとまず存在が証明された恰好になった。ただし先輩は「佐知子のことも、もちろん俺はあの頃から知っていたぜ」などとおっしゃるので、やや眉唾ではあるのだが。

二〇〇九年十月

岸本佐知子

本書は二〇〇七年一月、小社から刊行された『ねにもつタイプ』に、「桃」「ピクニックじゃない」「ツクツクボウシ」「鍋の季節」を新たに加えたものです。

思考の整理学　外山滋比古

アイディアを軽やかに離陸させ、思考をのびのびと飛行させる方法を、広い視野とシャープな論理で知られる著者が、明快に提示する。

質問力　齋藤孝

コミュニケーション上達の秘訣は質問力にあり！これさえ磨けば、初対面の人からも深い話が引き出せる。話題の本の、待望の文庫化。（斎藤兆史）

整体入門　野口晴哉

日本の東洋医学を代表する著者による初心者向け野口整体のポイント。体の偏りを正す基本の「活元運動」から目的別の運動まで。（伊藤桂一）

命売ります　三島由紀夫

自殺に失敗し、「命売ります。お好きな目的にお使い下さい」という突飛な広告を出した男のもとに、現われたのは？（種村季弘）

こちらあみ子　今村夏子

あみ子の純粋な行動が周囲の人々を否応なく変えていく。第26回太宰治賞、第24回三島由紀夫賞受賞作。書き下ろし「チズさん」収録。（町田康／穂村弘）

ベルリンは晴れているか　深緑野分

終戦直後のベルリンで恩人の不審死を知ったアウグステは彼の甥に訃報を届けに陽気な泥棒と旅立つ。歴史ミステリの傑作が遂に文庫化！（酒寄進一）

倚りかからず　茨木のり子

いまも人々に読み継がれている向田邦子。その随筆の中から、家族、食、生き物、こだわりの品、旅、仕事、私……といったテーマで選ぶ。（角田光代）

向田邦子ベスト・エッセイ　向田邦子編

もはや／いかなる権威にも倚りかかりたくはない……話題の単行本に3篇の詩を加え、高瀬省三氏の絵を添えて贈る決定版詩集。（山根基世）

るきさん　高野文子

のんびりしていてマイペース、だけどどっかヘンテコな、るきさんの日常生活って？　独特な色使いが光るオールカラー。ポケットに一冊どうぞ。

劇画ヒットラー　水木しげる

ドイツ民衆を熱狂させた独裁者アドルフ・ヒットラーとはどんな人間だったのか。ヒットラー誕生からその死まで、骨太な筆致で描く伝記漫画。

ねにもつタイプ	岸本佐知子	何となく気になることにこだわる、ねにもつ。思索、奇想、妄想ははばたく脳内ワールドをコミカルな名短文でつづる。第23回講談社エッセイ賞受賞。
TOKYO STYLE	都築響一	小さい部屋が、わが宇宙。ごちゃごちゃと、しかし快適に暮らす。僕らの本当のトウキョウ・スタイルはこんなものだ！話題の写真集文庫化！
自分の仕事をつくる	西村佳哲	仕事をすることは会社に勤めること、ではない。仕事を「自分の仕事」にできた人たちに学ぶ、働き方のデザインの仕方とは。(稲本喜則)
世界がわかる宗教社会学入門	橋爪大三郎	宗教なんてうさんくさい!? でも宗教は文化や価値観の骨格でもあり、それゆえ紛争のタネにもなる。世界宗教のエッセンスがわかる充実の入門書。
ハーメルンの笛吹き男 増補 日本語が亡びるとき	阿部謹也	「笛吹き男」伝説の裏に隠された謎はなにか？十三世紀ヨーロッパの小さな村で起きた事件を手がかりに中世における「差別」を解明。(石牟礼道子)
	水村美苗	明治以来豊かな近代文学を生み出してきた日本語が、いま、大きな岐路に立っている。我々にとって言語とはなにか。第8回小林秀雄賞受賞作に大幅増補。
子は親を救うために「心の病」になる	高橋和巳	子が好きだからこそ「心の病」になり、親を救おうとしている。精神科医である著者が説く、親子という「生きづらさ」の原点とその解決法。
クマにあったらどうするか	姉崎等 片山龍峯	「クマは師匠」と語り遺した狩人が、アイヌ民族の知恵と自身の経験から導き出した実践クマ対処法。クマと人間の共存する形が見えてくる。(遠藤ケイ)
脳はなぜ「心」を作ったのか	前野隆司	「意識」とは何か。どこまでが「私」なのか。死んだらどうなるのか。──「意識」と「心」の謎に挑んだ話題の本の文庫化。(夢枕獏)
モチーフで読む美術史	宮下規久朗	絵画に描かれた代表的な「モチーフ」を手掛かりに美術史を読み解く、画期的な名画鑑賞の入門書。カラー図版約150点を収録した文庫オリジナル。

品切れの際はご容赦ください

杉浦日向子ベスト・エッセイ	杉浦日向子	初期の単行本未収録作品から、若き晩年、自らの人生と死を見つめた名篇までを、多彩な活躍をした人生の軌跡を辿るように集めた、最良のコレクション。
お江戸暮らし	杉浦日向子	江戸にすんなり遊べる幸せ――江戸の魅力を多角的に語り続けた杉浦日向子の作品群から、精選して贈る、最良の江戸の入口。
向田邦子シナリオ集	向田和子編	いまも人々の胸に残る向田邦子のドラマ。「隣りの女」「七人の刑事」など、テレビ史上に残る名作、知られざる傑作集をセレクト収録する。(平松洋子)
甘い蜜の部屋	森 茉莉	天使の美貌、無意識の媚態。薔薇の蜜で男たちを溺れ死なせていく少女モイラと父親の濃密な愛の部屋。稀有なロマネスク。
貧乏サヴァラン	森茉莉編莉	オムレット、ボルドオ風茸料理、野菜の牛酪煮……。食いしん坊森茉莉は料理自慢。香り豊かな茉莉こと森鷗外の娘にして無類の食いしん坊、懐かしく愛おしい美味の世界。
紅茶と薔薇の日々	早川茉莉編	天皇陛下のお菓子に洋食店の味、庭に実る木苺……で綴られる垂涎の食エッセイ。文庫オリジナル。
遊覧日記	武田百合子 写真子	行きたい所へ行きたい時に、つれづれに出かけてゆく。一人で。たまには二人で。あちらこちらを遊覧しながら綴ったエッセイ集。
ことばの食卓	武田花・写真	なにげない日常の光景やキャラメル、枇杷など、食べものに関する昔の記憶と思い出を感性豊かな文章で綴るエッセイ集。(種村季弘)
クラクラ日記	坂口三千代	戦後文壇を華やかに彩った無頼派の雄・坂口安吾との、嵐のような生活を妻の座から愛と悲しみをもって描く回想記。巻末エッセイ=松本清張
妹たちへ	矢川澄子ベスト・エッセイ 早川茉莉編	澁澤龍彦の最初の夫人であり、孤高の感性と自由な知性の持ち主であった矢川澄子。その作品に様々な角度から光をあてて織り上げる珠玉のアンソロジー。

わたしは驢馬に乗って下着をうりにゆきたい	鴨居羊子	新聞記者から下着デザイナーへ。斬新で夢のある下着を世に送り出し、下着ブームを巻き起こした女性起業家の悲喜こもごも。（近代ナリコ）
遠い朝の本たち	須賀敦子	一人の少女が成長する過程で出会い、愛しんだ文学作品の数々を、記憶に深く残る人びとの想い出とともに描くエッセイ。（末盛千枝子）
神も仏もありませぬ	佐野洋子	還暦……もう人生おりたかった。でも春のきざしの蕗の薹に感動する自分がいる。意味なく生きても人は幸せなのだ。第3回小林秀雄賞受賞。（長嶋康郎）
私はそうは思わぬ	佐野洋子	佐野洋子は過激だ。大胆に意表をついたまっすぐな発言であるだから読後が気持ちいい。ふつうの人が思うようには思わない。（群ようこ）
色を奏でる	志村ふくみ・文 井上隆雄・写真	色と糸と織──それぞれに思いを深めて織り続ける染織家にして人間国宝の著者の、エッセイと鮮やかな写真が織りなす豊醇な世界。オールカラー。
老いの楽しみ	沢村貞子	八十歳を過ぎ、女優引退を決めた著者の、日々の思いを綴る。齢にさからわず、「なみ」に、気楽に、と過ごす時間に楽しみを見出す。（山崎洋子）
おいしいおはなし	高峰秀子編	向田邦子、幸田文、山田風太郎……著名人23人の美味しい思い出。文学や芸術にも造詣が深かった往年の大女優・高峰秀子が厳選した珠玉のアンソロジー。
パンツの面目ふんどしの沽券	米原万里	キリストの下着はパンツか腰巻か？ 幼い日にめばえた疑問をたがかりに、人類史上の謎に挑んだ、抱腹絶倒＆禁断のエッセイ。
新版 いっぱしの女	氷室冴子	時を経てなお生きる言葉のひとつひとつが、呼吸を楽にしてくれる──。大人気小説家・氷室冴子の名作エッセイ、待望の復刊！（町田そのこ）
真似のできない女たち	山崎まどか	彼女たちの真似はできない、しかし決して「他人」でもない。シンガー、作家、デザイナー、女優……唯一無二で炎のような女性たちの人生を追う。（井上章一）

品切れの際はご容赦ください

土曜日は灰色の馬	恩田 陸	顔は知らない、見たこともない。けれど、おはなしの神様はたしかにいる——。あらゆるエンタメを味わい尽くす、傑作エッセイの文庫化！
この話、続けてもいいですか。	西加奈子	ミッキーこと西加奈子の目を通すと世界はワクワク、ドキドキ輝く、いろんな人、出来事、体験がてんこ盛りの豪華エッセイ集！
なんらかの事情	岸本佐知子	エッセイ？ 妄想？ それとも短篇小説？……モヤッとするのに心地よい！ 翻訳家・岸本佐知子の頭の中を覗くような可笑しな世界へようこそ！ (中島たい子)
絶叫委員会	穂村 弘	町には、偶然生まれては消えてゆく無数の詩が溢れている。不合理でナンセンスで真剣だからこそ可笑しい、天使的な言葉たちへの考察。 (南伸坊)
柴田元幸ベスト・エッセイ	柴田元幸編著	例文が異常に面白い辞書。名曲の斬新過ぎる解釈。そして工業地帯で育った日々の記憶。名翻訳家が自ら選んだ、文庫オリジナル決定版。
翻訳教室	鴻巣友季子	「翻訳をする」とは一体どういう事だろう？ 第一線の翻訳家とその母校の生徒達によるとっておきの超・入門書。スタートを切りたい全ての人へ。
買えない味	平松洋子	一晩寝かしたお芋の煮っころがし、土瓶で淹れた番茶、風にあてた干し豚の滋味……日常の中にこそある、おいしさを綴ったエッセイ集。
杏のふむふむ	杏	連続テレビ小説「ごちそうさん」で国民的な女優となった杏が、それまでの人生を、人との出会いをテーマに描いたエッセイ集。 (村上春樹)
たましいの場所	早川義夫	「恋をしていくのだ。今を歌っていくのだ」。心を揺るがす本質的な言葉。文庫版に最終章を追加。帯文＝宮藤官九郎 オマージュエッセイ＝七尾旅人
うれしい悲鳴をあげてくれ	いしわたり淳治	作詞家、音楽プロデューサーとして活躍する著者の小説＆エッセイ集。彼が「言葉」を紡ぐと誰もが楽しめる「物語」が生まれる。 (鈴木おさむ)

いっぴき	高橋久美子	初めてのエッセイ集に大幅な増補と書き下ろしを加え待望の文庫化。バンド脱退後、作家・作詞家として活躍する著者の魅力を凝縮した一冊。
家族最初の日	植本一子	二〇一〇年二月から二〇一一年四月にかけての生活の記録（家計簿つき）。デビュー作『働けECD』を大幅に増補した完全版。
月刊佐藤純子	佐藤ジュンコ	注目のイラストレーター（元書店員）のマンガエッセイが大増量してまさかの文庫化！仙台の街や友人との日常を描く独特のゆるふわ感はクセになる！
月刊佐藤純子	佐藤薫編	読み巧者の二人の議論沸騰し、選びぬかれた珠玉の小説12篇。となりの宇宙人／冷たい仕事／隠し芸の男／少女架刑／あしたの夕刊／網膜誤識ほか。文庫オリジナル。
名短篇、ここにあり	宮部みゆき編	
なんたってドーナツ	早川茉莉編	貧しかった時代の手作りおやつ、日曜学校で出合った素敵なお菓子、毎朝宿泊客にドーナツを配るホテル、哲学させる穴……。文庫オリジナル。
猫の文学館Ⅰ	和田博文編	寺田寅彦、内田百閒、向田邦子、太宰治……いつの時代も、作家たちは猫が大好きだった。猫の気まぐれに振り回されている猫好きに捧げる47篇!!
月の文学館	和田博文編	稲垣足穂のムーン・ライダース、中井英夫の月蝕領主の狂気、川上弘美が思い浮かべる「柔らかい月」……選りすぐり43篇の月の文学アンソロジー。
絶望図書館	頭木弘樹編	心から絶望したひとへ、絶望文学の名ソムリエが古今東西の小説、エッセイ、漫画等々からぴったりの作品を紹介。前代未聞の絶望図書館へようこそ！
小説の惑星 ノーザンブルーベリー篇	伊坂幸太郎編	小説のアンソロジー、青いカバーのノーザンブルーベリー篇！伊坂幸太郎が選び抜いた究極の短編アンソロジー、編者によるまえがき・あとがき収録。
小説の惑星 オーシャンラズベリー篇	伊坂幸太郎編	小説のドリームチーム、誕生。伊坂幸太郎選・至高の短編アンソロジー、赤いカバーのオーシャンラズベリー篇！編者によるまえがき・あとがき収録。

品切れの際はご容赦ください

井上ひさし ベスト・エッセイ	井上ひさし	むずかしいことをやさしく……幅広い著作活動を続けた、多岐にわたるエッセイを残した「言葉の魔術師」井上ひさしの作品を精選して贈る。
ひと・ヒト・人 井上ユリ編 ベスト・エッセイ	井上ユリ編	道元・漱石・賢治・菊池寛・司馬遼太郎・松本清張・渥美清・母……敬し、愛した人々とその作品を描きつくしたベスト・エッセイ集。(野田秀樹)
開高健 ベスト・エッセイ	小玉武編	文学から食、ヴェトナム戦争まで──おそるべき博覧強記と行動力。「生きて、書いて、ぶっかった」開高健の広大な世界を凝縮したエッセイを精選。
吉行淳之介 ベスト・エッセイ	荻原魚雷編	創作の秘密から、ダンディズムの条件まで。「文学」「男と女」「紳士」「人物」のテーマごとに厳選した、吉行淳之介の入門書にして決定版。(大竹聡)
色川武大・阿佐田哲也 ベスト・エッセイ	色川武大／阿佐田哲也	二つの名前を持つ作家のベスト。文学論、落語からタモリまでの芸能論、ジャズ、作家たちとの交流も。阿佐田哲也名の博打論も収録。(木村紅美)
殿山泰司 ベスト・エッセイ	大庭萱朗編	独自の文体と反骨精神で読者を魅了する性格俳優・殿山泰司の自伝エッセイ、撮影日記、ジャズ、政治評、未収録エッセイも多数！
田中小実昌 ベスト・エッセイ	大庭萱朗編	東大哲学科を中退し、バーテン、香具師などを転々とし、飄々とした作風とミステリー翻訳で知られるコミさんの厳選されたエッセイ集。(片岡義男)
森毅 ベスト・エッセイ	池内紀編	まちがったっていい、完璧じゃなくたって、人生は楽しいんだ。稀代の数学者が放った教育・社会・歴史他様々なジャンルに亘るエッセイを厳選収録！
山口瞳 ベスト・エッセイ	小玉武編	サラリーマン処世術から飲食、幸福と死まで。──幅広い話題の中に普遍的な人間観察眼が光る山口瞳の豊饒なエッセイ世界を一冊に凝縮した決定版。
同日同刻	山田風太郎	太平洋戦争中、人々は何を考えどう行動していたのか。敵味方の指導者、軍人、兵士、民衆の姿を膨大な資料を基に再現。(高井有一)

兄のトランク	宮沢清六	兄・宮沢賢治の生と死をそのかたわらで死きた実弟が綴る、初のエッセイ集。
春夏秋冬 料理王国	北大路魯山人	一流の書家、画家、陶芸家にして、希代の美食家であった魯山人が、生涯にわたり追い求めてきた料理と食の奥義を語り尽くす。(山田和)
日本ぶらりぶらり	山下清	坊主頭に半ズボン、リュックを背負い日本各地の旅に出た"裸の大将"が見聞きするものは不思議なことばかり。スケッチ多数。(壽岳章子)
のんのんばあとオレ	水木しげる	「のんのんばあ」といっしょにお化けや妖怪の住む世界をさまよっていた頃──漫画家・水木しげるの、とてもおかしな少年記。(井村君江)
ねぼけ人生〈新装版〉	水木しげる	戦争で片腕を喪失、紙芝居・貸本漫画の時代と、波瀾万丈の人生を、楽天的に生きぬいてきた水木しげるの、面白くも哀しい半生記。(呉智英)
老いの生きかた	鶴見俊輔編	限られた時間の中で、いかに充実した人生を過ごすかを探る十八篇の名文。来るべき日にむけて考えるヒントになるエッセイ集。
老人力	赤瀬川原平	20世紀末、日本中を脱力させた名著『老人力』と『老人力②』が、あわせて文庫に! もうろくに潜むパワーがここに結集する。
東京骨灰紀行	小沢信男	両国、谷中、千住…アスファルトの下、累々と埋もれる無数の骨灰をめぐり、忘れられた江戸・東京の記憶を掘り起こす鎮魂行。(黒川創)
向田邦子との二十年	久世光彦	あの人は、ありすぎるくらいあった始末におえない胸の中のものを誰にだって、一言も口にしない人だった。時を共有する二人の世界。(新井信)
東海林さだおアンソロジー 人間は哀れである	東海林さだお 平松洋子編	世の中にはにぴこるズルの壁、はっきりしない往生際……。抱腹絶倒のあとに東海林流のペーソスが心に沁みてくる。平松洋子が選ぶ23の傑作エッセイ。

品切れの際はご容赦ください

おまじない	西加奈子	さまざまな人生の転機に思い悩む女性たちに、そっと寄り添ってくれる、珠玉の短編集いよいよ文庫化！ 巻末に長濱ねると著者の特別対談を収録。(津村記久子)
通天閣	西加奈子	このしょーもない世の中に、ちょっかいの灯を点すように、救いようのない人生に、回織田作之助賞大賞受賞作。第24回織田作之助賞大賞受賞作。
沈黙博物館	小川洋子	「形見じゃ」老婆は言った。死の完結を阻止するかのように形見が盗まれる。死者が残した断片をめぐるやさしくスリリングな物語。(堀江敏幸)
注文の多い注文書	小川洋子 クラフト・エヴィング商會	バナナフィッシュの耳石、貧乏な叔母さん、小説に隠された〈もの〉をめぐり、二つの才能が散らす。贅沢で不思議な前代未聞の作品集。(平松洋子)
図書館の神様	瀬尾まいこ	赴任した高校で思いがけず文芸部顧問になってしまった清(きよ)。そこでの出会いがその後の人生を変えてゆく。鮮やかな青春小説。(山本幸久)
僕の明日を照らして	瀬尾まいこ	中2の隼太に新しい父が出来た。優しい父はしかしDVする父でもあった。この家族を失いたくない！ 隼太の闘いと成長の日々を描く。(岩宮恵子)
社史編纂室	三浦しをん	二九歳「腐女子」川田幸代、社史編纂室所属。恋の行方も友情の行方も五里霧中。仲間と共に「同人誌」を武器に社の秘められた過去に挑む!?(金田淳子)
星間商事株式会社		
ラピスラズリ	山尾悠子	言葉の海が紡ぎだす、〈冬眠者〉と人形と、春の目覚めの物語。不世出の幻想小説家が20年の沈黙を破り発表した連作長篇。補筆改訂版。(千野帽子)
聖女伝説	多和田葉子	少女は聖人を産むことなく自身が聖人となれるのか？ 文学の代表作にして性と聖をめぐる少女小説の傑作がいま蘇る。書き下ろしの外伝を併録。
ピスタチオ	梨木香歩	棚(たな)がアフリカを訪れたのは本当に偶然だったのか。不思議な出来事の連鎖から、水と生命の壮大な物語「ピスタチオ」が生まれる。(管啓次郎)

包帯クラブ 天童荒太

傷ついた少年少女達は、戦わないかたちで自分達の大切なものを守ることにした。生きがたいと感じるすべての人に贈る長篇小説。大幅加筆して文庫化。

つむじ風食堂の夜 吉田篤弘

それは、笑いのこぼれる夜。——食堂は、十字路の角にぽつんとひとつ灯をともしていた。クラフト・エヴィング商會の物語作家による長篇小説。

虹色と幸運 柴崎友香

珠子、かおり、夏美。三〇代になった三人が、人に会い、おしゃべりし、いろいろ思う一年間。移りゆく季節の中で、日常の細部が輝く傑作。——(江南亜美子)

変わり身 村田沙耶香

孤島の奇祭「モドリ」の生贄となった同級生を救った陸と花蓮は祭の驚愕の真相を知る。悪夢が極限まで疾走する村田ワールドの真骨頂！——(小澤英実)

君は永遠にそいつらより若い 津村記久子

22歳処女。いや「女の童貞」と呼んでほしい——。日常の底に潜むうっすらとした悪意を独特の筆致で描く。第21回太宰治賞受賞作。——(松浦理英子)

アレグリアとはしごとはできない 津村記久子

彼女はどうしようもない性悪だった。すぐ休み単純労働をバカにし男性社員に媚を売る。大型コピー機とミノベとの仁義なき戦い！——(千野帽子)

さようなら、オレンジ 岩城けい

オーストラリアに流れ着いた難民サリマ。言葉も不自由な彼女が、新しい生活を切り拓いてゆく。第29回太宰治賞受賞・第150回芥川賞候補作。——(小野正嗣)

星か獣になる季節 最果タヒ

推しの地下アイドルが殺人容疑で逮捕!?僕は同級生のイケメン森下と真相を探るが——。歪んだピュアネスが傷だらけで疾走する新世代の青春小説！

とりつくしま 東直子

死んだ人に「とりつくしま係」が言う。モノになってこの世に戻れますよ。妻は夫のカップに弟子は先生の扇子に。連作短篇集。——(大竹昭子)

ポラリスが降り注ぐ夜 李琴峰

多様な性的アイデンティティを持つ女たちが集う二丁目のバー「ポラリス」。国も歴史も超えて思い合う気持ちが繋がる7つの恋の物語。——(桜庭一樹)

品切れの際はご容赦ください

ちくま文庫

ねにもつタイプ

二〇一〇年 一月 十 日 第 一 刷発行
二〇二五年 四月 五 日 第二十刷発行

著　者　岸本佐知子（きしもと・さちこ）
挿　画　クラフト・エヴィング商會
発行者　増田健史
発行所　株式会社筑摩書房
　　　　東京都台東区蔵前二-五-三　〒一一一-八七五五
　　　　電話番号　〇三-五六八七-二六〇一（代表）
装幀者　安野光雅
印刷所　三晃印刷株式会社
製本所　株式会社積信堂

乱丁・落丁本の場合は、送料小社負担でお取り替えいたします。
本書をコピー、スキャニング等の方法により無許諾で複製する
ことは、法令に規定された場合を除いて禁止されています。請
負業者等の第三者によるデジタル化は一切認められていません
ので、ご注意ください。

©KISHIMOTO SACHIKO 2010 Printed in Japan
CRAFT EBBING SHOUKAI
ISBN978-4-480-42673-4 C0195